AF284749

Uwe Goeritz

Die Rache der Barbarin

Bibliografische Information der Deutschen Nationalbibliothek:

Die Deutsche Nationalbibliothek verzeichnet diese Publikation in der Deutschen Nationalbibliografie; detaillierte bibliografische Daten sind im Internet über http://dnb.dnb.de abrufbar.

© 2018 Uwe Goeritz

Coverbild: Marion Jana Goeritz

Herstellung und Verlag: BoD – Books on Demand, Norderstedt

ISBN: 978-3-7528-4103-9

Inhaltsverzeichnis

Die Rache der Barbarin

Das freie Germanien im ersten Jahr unserer Zeitrechnung. Wie jeden Herbst fallen die Legionäre auch in diesem wieder in das Land der freien Stämme ein, um zu plündern, zu töten und zu vergewaltigen. Das große Rom versucht die Stämme zu unterwerfen, mit all der militärischen Macht, die es schon in anderen Ländern erfolgreich eingesetzt hat. Der Widerstand der Waldbewohner führt oft zu Terror und Gewalt.

Alfena, die Heldin dieser Geschichte, bleibt geschändet zurück und schwört ihren Peinigern blutige Rache. Aber es sollte neun Jahre dauern, bis sich die Stämme vereinigen und gegen den gemeinsamen Feind in den Kampf ziehen. Wird sich die Rache der Frau erfüllen?

Die handelnden Figuren sind zu großen Teilen frei erfunden, aber die historischen Bezüge sind durch archäologische Ausgrabungen, Dokumente, Sagen und Überlieferungen belegt.

7

1. Kapitel

Schwere Zeiten

Die junge Frau saß, mit angezogenen Knien, an einen Baum gelehnt und sah auf das Kornfeld hinaus, das sich direkt vor ihr befand. Alfena war vor ein paar Monden sechzehn Jahre alt geworden. Es war das Jahr, von dem man in vielen Jahrhunderten sagen würde, dass es das erste des Jahrtausends gewesen war. Hier in den freien Wäldern interessierte sich aber keiner für Jahre. Alles wurde in Sommern gemessen, was ja auch irgendwie dasselbe war.

Neben ihr, nicht weit entfernt, waren die Dächer der Hütten zu sehen. Es waren fünf Hütten und ein paar Ställe. Alles in allem lebten in der kleinen Siedlung zehn Männer, zehn Frauen und etwa zwanzig Kinder. Sie selbst zählte noch zu letzterer Kategorie. Erst wenn sie im Herbst oder im nächsten Jahr geheiratet haben würde, so würde sie zu den Frauen gezählt werden.

Allarus, ihr Vater, war der Stammesälteste und hatte in dieser kleinen Gemeinschaft zu bestimmen. Meist klärten sie die Dinge einvernehmlich untereinander. Nur bei Angelegenheiten mit anderen Stämmen oder den Römern gingen sie zu ihm. Die Römer waren zwar weit entfernt, doch immer im Sommer wagten sie sich bis tief in dieses freie Land hinein. Obwohl sie doch frei waren, kamen die Legionäre regelmäßig zu ihnen, um Abgaben einzutreiben. Wofür sie das taten, das wusste sie nicht und eigentlich war es ihr auch egal. Niemand fragte sie dabei nach ihrer Meinung, aber wenn es nach ihr gegangen wäre, so hätte sie den Männern nichts gegeben, da sie ja nicht dafür gearbeitet hatten. Auch in ihrem Dorf galt der Grundsatz: wer nicht arbeitete, der musste hungern! Mit welchem Recht holten sie sich also einen nicht unerheblichen Teil der Ernte? Nur mit dem Recht des Stärkeren! Ihr kleines Dorf hätte sich nicht gegen sie weh-

8

ren können und mit den anderen Stämmen waren sie oft zerstritten und verfeindet. Hilfe war da nicht zu erwarten.

Sie streckte ihre Beine aus und griff nach ein paar der Getreidehalme, die neben ihr wuchsen und sich im Wind bewegten. Die Ernte würde in diesem Jahr mehr als schlecht sein. Ein überraschender Regenschauer vor ein paar Tagen hatte die Hälfte des Getreides vernichtet. Nicht weit von ihr konnte sie die niedergedrückte Stelle sehen. Danach waren auch noch ein paar wilde Tiere aus dem Wald in das Feld gelaufen und hatten weitere Teile zerstört. Das würde sicher ein langer und schwerer Winter werden und sie konnte jetzt schon das Knurren ihres Magens hören. Seit die Römer da waren, war es in den Wintern noch schlimmer geworden. Fast jeder davon war ein Hungerwinter gewesen, so lange wie sie sich zurückerinnern konnte. Vielleicht war sie deshalb so schlank und schlaksig geblieben. In manchen der Winter war fast die Hälfte aller Kinder gestorben, sie hatte Glück gehabt. Alfena sah an sich herunter. Sie trug noch die Kleidung der Kinder. Einen kurzen Rock, der nur bis zu den Knien ging und einen langen Kittel, der bis auf die Hüften fiel und vorn mit einem Gürtel zusammengehalten wurde. Die Ähren streichelten ihre nackten Knie.

Spätestens im nächsten Jahr würde sie dann auch den langen Rock der erwachsenen Frauen tragen dürfen, so wie ihn ihre Mutter trug, die sie jetzt aus der Siedlung auf sich zukommen sah. Die Mutter hatte einen Korb im Arm, in den sie Beeren sammeln wollte und dazu würde sie die Tochter mitnehmen. Alfena erhob sich, zog sich den Kittel zurecht und ging der Mutter entgegen. Mit einem Kopfnicken begrüßten sich die Frauen und folgten dann gemeinsam einem Waldweg in das dichte Gehölz hinein.

9

Es war eine Art von stiller Absprache für alle Bewohner im Dorf, niemals alleine in den Wald zu gehen. Selbst in der unmittelbaren Nähe der Hütten konnte einem etwas passieren und wenn man da niemanden an seiner Seite hatte, der helfen oder Hilfe holen konnte, so war man schon so gut wie tot. Nebeneinander sammelten sie auch an ein paar Sträuchern im dichten Unterholz die Beeren ein. Erstens hatten sie nur einen Korb und zweitens konnten sie sich so auch nicht verlaufen. Obwohl die Mutter hier sicher jeden Strauch kannte und das lange Messer in ihrem Gürtel war auch kein Schmuckstück, sondern eine wirkungsvolle Waffe in der Hand der erfahrenen Frau.

Immer wieder schielte Alfena zu dem langen Messer hinüber, auch dieses würde sie erhalten, wenn sie dann als Frau in diesem oder einem anderen Stamm leben würde. Das kleine Messer, das sie an einem Strick um den Hals trug, und das für das Abschneiden des Essens gedacht war, das zählte da nicht. Das hatte ja jeder und es war mehr Werkzeug als Waffe. Sie arbeiteten schweigend. Niemand sollte von ihrer Anwesenheit etwas mitbekommen. Weder wilde Tiere, noch fremde Krieger. Endlich war der Korb gefüllt und beide gingen zurück. Als sie aus dem Wald auf das Feld sehen konnten fragte Alfena „Was wird denn mit den Abgaben?" und die junge Frau blickte zu ihrer Mutter. Diese schaute auf den Weg vor sich. Nachdenklich, wie die Tochter fand. „Wir werden wohl ein paar Schweine opfern müssen, um den Verlust wieder auszugleichen." sagte die Frau schließlich bitter und Alfena starrte nun ebenfalls vor sich auf den schmalen Pfad neben der zerstörten Stelle im Feld. Wenn sie nun, zu dem Ausfall der Ernte, auch noch ein oder zwei Schweine verlieren würden, so würde der Hunger im Winter nur noch größer werden.

Als die Beiden das erste Haus erreichten, bemerkten sie eine Gruppe von Männern, die mit Allarus zusammen vor der Hütte standen. Die beiden Frauen hielten sich im Hintergrund, gingen aber nahe genug heran, um zu hören, worum es ging. Dann hörte sie ihren Na-

10

men und blieb stehen. Das Gespräch drehte sich um die junge Frau und Alfena hörte nun noch viel aufmerksamer zu, auch wenn sie keinen Einfluss auf den Ausgang des Gespräches nehmen konnte und durfte. Ihr Vater und der Stammesälteste des Nachbarstammes sprachen gerade darüber, dass sie noch im Herbst die elterliche Hütte verlassen und die Hütte ihres Mannes, des Sohnes des anderen Stammesführers, beziehen würde.

Die Frau sah sich um, konnte ihren zukünftigen Mann aber nicht erblicken. Es waren nur ältere Männer aus dem anderen Stamm hierhergekommen. Vermutlich war der Sohn genauso wenig gefragt worden, wie sie selbst. Aber so ging das eben bei ihnen zu. Die Väter entschieden und die Kinder hatten zu folgen. Die Mutter betrat die Hütte und Alfena ging betont langsam an den Männern vorbei. Sie trat in das Dämmerlicht der Hütte hinein, die nur aus zwei Räumen bestand. Im vorderen Teil lebten die Menschen und im hinteren die Tiere. Im Winter war das ganz praktisch, da die Tiere somit auch die Behausung der Menschen wärmen konnten. Im Sommer waren die Tiere dafür meist draußen in dem Gatter hinter dem Haus.

Da es schon langsam auf den Abend ging, würden die Männer sicher heute nicht mehr zu ihrer Siedlung aufbrechen, sondern die Nacht hier bei ihnen verbringen. Immer wenn Fremde im Dorf waren, dann wurde abends ein großes Feuer entfacht und die Kinder horchten auf die Geschichten aus den anderen Dörfern. Als Alfena aus der Hütte schaute, sah sie schon, dass die ersten Holzstämme in der Mitte des großen Vorplatzes aufgestellt wurden. Sicher gab es viel zu erfahren und die junge Frau würde besonders gut zuhören. Schließlich ging es da ja auch um ihre zukünftige Familie.

Wenig später hing ein Kessel mit dampfender Suppe über dem Feuer und nach und nach versammelte sich das ganze Dorf um diesen

11

freien Platz. Es wurde erzählt, gelacht, gesungen und gelauscht. Die Männer trugen Jagd- oder Kampfgeschichten vor. Frauen und Kinder hörten staunend zu. Bei manchen dieser Geschichten schüttelten einige aber ungläubig mit dem Kopf. Sicher waren Teile davon frei erfunden, doch die Kinder staunten über die Erzählung eines Mannes von seinem Ritt auf einem wilden Schwein.

Später stimmten sie alle in die alten Lieder ein, deren Melodien sicher schon seit hunderten Sommern die Wipfel der Bäume erreichten. Da es Sommer war, war es angenehm warm hier draußen und mit dem Blick auf die Glut konnte man so herrlich träumen. Erst spät am Abend gingen alle in ihre Hütten und nach einer kurzen Nacht brachen die fremden Männer am Morgen wieder auf.

Alfena lehnte an der Türöffnung der elterlichen Hütte und schaute ihnen lange nach. Wenn sie das nächste Mal hier im Dorf erscheinen würden, so würde die junge Frau die Männer begleiten und danach in dem fremden Dorf leben. Nach der Aussage der Männer waren es jetzt nur noch drei Monde, bis es soweit sein würde. Nach der Ernte und nach den Römern. Sie blickte nach oben auf das Stroh, das vom Dach der Hütte herunter hing. Die Männer bauten nun dort, in dem anderen Dorf, bestimmt schon das Haus, in dem sie danach leben würde. Ihr eigenes Zuhause! Insgeheim freute sie sich darauf, da sie dann als Frau zur Gemeinschaft gehören würde, andererseits würde sie dann die Eltern verlassen und höchstens den Vater mal wieder sehen, wenn er in das Nachbardorf kam, so wie die Männer am Abend zuvor.

Die Mutter kam an ihr vorbei und zeigte wortlos auf das Gatter hinter dem Haus. Die tägliche Arbeit rief nach Alfena, oder sie grunzte in der Sprache der Schweine, die ja gefüttert werden wollten.

12

2. Kapitel

Gewalt und Schmerz

Der Morgennebel hatte sich gerade in die Baumwipfel verzogen und löste sich langsam in den Strahlen der erwachenden Sonne auf, als Alfena die Soldaten sah. Sie stand am Gatter der Schweine und blickte zum Durchlass der Hecke hinüber, die die ganze Siedlung umgab. Ein Lichtblitz hatte ihre Aufmerksamkeit erregt. Das Glänzen der Morgensonne auf den Helmen und Schilden der römischen Krieger war nicht zu übersehen gewesen. Wie jedes Jahr um diese Zeit kamen sie, um die Abgaben einzutreiben und wie immer waren die Legionäre pünktlich. Es waren etwa fünfzig Männer, gefolgt von einem kleinen Wagen, der von zwei müden, zotteligen Pferden gezogen wurde und schon nach wenigen Augenblicken hatten sie auf dem freien Platz vor den Hütten Position bezogen.

Allarus begrüßte die Legionäre, wie es seine Pflicht war und fast sofort stürzten die Römer los. Sie holten aus den Hütten alles heraus, was ihnen irgendwie wertvoll erschien. Das ging natürlich nicht ohne Lärm vonstatten. Wer ließ sich schon gern sein Eigentum nehmen? Doch die fünfzig bewaffneten Männer waren den zehn Kämpfern des Dorfes einfach überlegen. Eine Gegenwehr würde nur zum Untergang des Dorfes führen. So manche Hand zuckte zum Messer, doch es blieb weitestgehend friedlich. Die Legionäre zeigten ihre Beute einem Mann in der Mitte, der deutlich als Offizier zu erkennen war und dieser, am Wagen stehend, entschied, ob es mitgenommen werden sollte und damit auf den Wagen kam, oder zurückgelassen und auf einem Haufen hinter dem Wagen geworfen wurde. Offensichtlich war er aber mit der Ausbeute nicht sonderlich zufrieden. Noch einmal schickte er die Legionäre los, doch diesmal kamen sie mit leeren Händen zurück.

13

Alle Bewohner des Dorfes hatten sich nun auf dem Platz eingefunden und der Offizier prüfte noch einmal den Inhalt des Wagens. Dann ging er auf Allarus zu und rief „Du schuldest Rom noch viele Abgaben. Wo hast du dein Getreide versteckt?" doch Allarus zeigte auf das, was vor dem Offizier lag und beteuerte, dass dies alles sei, was im Dorf zu finden war. Doch das hatte der Offizier sicher auch schon gemerkt. Alfena war nun vom Gatter der Schweine bis zur Hütte nach vorn gegangen und stand keine zwei Schritte hinter ihrem Vater. Einer der Legionäre zog ein quickendes Schwein an ihr vorbei, fesselte es und warf es auf den Wagen. Der Offizier zog sein Schwert und setzte es dem Dorfältesten an den Hals. Alfena fürchtete um das Leben ihres Vaters und versuchte sich schützend vor ihn zu stellen.

Doch sie kam nur einen Schritt weit, dann zog die Mutter sie schnell zur Seite weg. Zwei weitere Schweine wurden auf den Wagen verladen und der Offizier steckte sein Schwert weg. Wieder sah er zum Wagen, doch er war nicht sehr zufrieden mit dem Ergebnis seines Beutezuges. Er rief etwas zu seinen Männern und zwei der Soldaten zogen Allarus an Alfena vorbei nach hinten. Dann fesselten sie ihn an die offene Tür seines Hauses, so dass er mit erhobenen Händen auf den Dorfplatz schauen musste. Ein paar der Soldaten holten zwei Bänke aus einer der Hütten und stellten diese etwa fünf Schritte vor Allarus auf. Der Offizier zeigte auf Alfena und ihre Mutter. Daraufhin packten die Legionäre die beiden Frauen und zerrten sie nach vorn. Offensichtlich hatten sie, durch Alfenas unbedachte Reaktion, bemerkt, dass sie Frau und Tochter des Dorfältesten waren. Nun sollten sie anscheinend dafür bestraft werden, dass Allarus nicht mehr Getreide hatte. Doch damit würde der Wagen ja auch nicht viel voller werden.

Vielleicht wollten sie dadurch die Bewohner erpressen, doch noch ein Versteck zu verraten. Doch das gab es ja nicht! Alfena sah die beiden Männer neben sich zornig an. Sie waren kleiner als Allarus,

14

aber etwa genauso groß wie die junge Frau. Sie lösten ihren Gürtel und rissen ihr und ihrer Mutter die Kittel über den Kopf, so dass sie nun halbnackt vor der Hütte standen. Alfena hatte nur noch ihren kurzen Rock an, der ihr bis zu den Knien reichte, und versuchte ihre Brüste mit den Armen zu bedecken. Ihre Mutter hatte den langen Rock der Frauen an und stand stolz, mit hängenden Armen und hoch erhobenen Kopf, da. Der Zorn auf die Männer war deutlich in ihren Augen zu sehen. Einer der Männer riss die Schnur mit dem Messer von Alfenas Hals.

Dann packten die Soldaten die beiden Frauen wieder an den Armen und zogen sie nach vorn zu den aufgestellten Bänken. Alfena wehrte sich heftig mit Händen und Füßen gegen sie, doch es nutzte ihr nichts. Die Männer waren einfach zu stark für sie. Sie zwangen sie, sich vor die Bank zu knien und danach zogen und drückten die Legionäre sie mit dem Oberkörper auf die Bank. Nun war ihr nackter Rücken schutzlos nach oben gerichtet. Was hatten die Männer vor? Einer drückte ihr auf die Schultern, so dass Bauch und Brust gegen das harte Holz der Sitzfläche gepresst wurden. Der zweite Mann knoteten die Hände der Frau unter der Sitzbank fest und fesselte auch, da sie sich heftig mit den Füßen wehrte, Alfenas Beine an den Knien an die Holzbank. Lachend betrachteten sie ihr Werk und ließen von ihr ab.

Sie zerrte an den Stricken, doch diese waren fest geschnürt. Keine Bewegung konnte sie mehr machen, nur den Kopf konnte sie noch drehen. Ein weiterer Legionar trat an die Seite der Bank und hielt eine Peitsche direkt vor das Gesicht des Mädchens. Sie war aus vielen geflochtenen Lederriemen gemacht, mit einer Kugel an jedem Ende. Der Mann hielt die Riemen absichtlich so, dass sie die hängenden Schnüre ansehen musste. Sie drehte sich zu ihrer Mutter um und sah, dass auch neben ihr einer der Männer mit solch einem Schlaginstrument stand. Warum wollten die Männer sie schlagen? Als Strafe?

15

Wofür? Und wie viele Hiebe mit solch einer Peitsche auf ihren Rücken konnte man aushalten? Zehn vielleicht? Alfena bat ihre Götter ihr die Kraft zu geben, diese Bestrafung zu überleben und keine Schande über ihr Dorf und die Familie zu bringen.

Die junge Frau zog noch einmal verzweifelt an den Fesseln, aber ihre Hände waren fest verknotet. Das Seil schnitt in ihre Handgelenke. Dann trat der Offizier zwischen die Frauen und hielt eine Ansprache an die Bewohner des Dorfes „Diesen Tag werdet ihr niemals vergessen. Ich zeige euch, was passiert, wenn ihr dem großen Rom die Abgaben schuldig bleibt!" Auf ein Zeichen von ihm holten die beiden Männer aus und ließen die Peitschen durch die Luft sausen. Direkt vor Alfenas Gesicht schlug der Mann auf das Holz. Es knallte und die ganze Bank ächzte. Es war nur eine Demonstration gewesen, aber davon würde sie sicher keine fünf Hiebe überstehen. Sie blickte zu ihrer Mutter und sah die Angst in den Augen der Frau. Vermutlich war es aber eher die Angst um die Tochter und nicht so sehr um sich selbst.

Alfena sah fast flehend zu dem Offizier hinauf, der sie gerade in diesem Moment ebenfalls ansah. Es war mehr ein stummer Schrei, als ein Blick. Konnte sie ihn erweichen? „Was hast du davon, wenn du mich schlägst?" fragten ihre Augen. Er zog sein Schwert, bückte sich zu ihr herab, schnitt danach zuerst ihren blonden Zopf und dann den der Mutter ab. Danach übergab er die beiden Zöpfe an einem der Soldaten, der sie auf den Karren warf. Der Offizier trat an Alfena heran und fuhr mit der Spitze seines Schwertes über ihren nackten Rücken. Sie spürte, wie der kalte Stahl langsam über ihre Wirbelsäule nach unten glitt. Dann zerschnitt er ihren Rock und das Hüfttuch mit einem Schnitt in der ganzen Länge. Der Stoff rutschte an ihren Beinen herab und fiel zu Boden. Dasselbe machte er auch bei Alfenas Mutter.

16

Beide Frauen knieten nun vollkommen nackt vor ihm. Jeder konnte ihren Hintern sehen und die Schamesröte stieg Alfena in ihr Gesicht. Sie versuchte nicht zu den Bewohnern zu sehen, die nur ein paar Schritte entfernt neben ihr standen. Sie sah zu dem Offizier und dieser ging zu Allarus „Das alles hast du dir selbst zuzuschreiben!" hörte Alfena den Offizier laut zu ihrem Vater sagen. Was hatte der Mann vor? Sie konnte sich nicht weit genug umdrehen, die Bank, auf die sie fest gebunden war, verhinderte das.

Der Mann rief etwas und die Legionäre lachten, dann trat er an sie heran. „Diesen Tag wirst du nie wieder vergessen!" rief der Mann hintern ihr. Er legte seine Hände auf ihren Rücken und zog sie dann zu ihren Hüften. Das Nächste, was sie spürte, war ein ungeheurer Schmerz, der sie fast innerlich zerriss, als der Mann begann sich an ihr zu vergehen. Sie schrie ihren Schmerz heraus und sah, wie einer der anderen Legionäre dasselbe mit ihrer Mutter machte, was der Offizier offensichtlich gerade mit ihr tat. Sie verkrampfte sich, doch dadurch wurden die Schmerzen nur noch größer.

Es fühlte sich an, als ob ein Messer in sie gestoßen würde, jede der Bewegungen des Mannes ließ sie schreien. Dann ließ er von ihr ab, etwas Warmes lief über ihren Rücken und ein anderer Mann nahm den Platz des Offiziers ein. Immer wieder folgten Schmerzen und immer wieder schrie sie, gemeinsam mit der Mutter, die keine zwei Schritte neben ihr dasselbe zu erdulden hatte. Mann für Mann ging das so. Immer wenn Alfena schwarz vor den Augen wurde, kippte einer der Legionäre ihr kaltes Wasser über den Kopf, damit sie die „Bestrafung" bei vollem Bewusstsein miterleben musste. Der Offizier stand nun lachend direkt vor ihr und sein Gesicht brannte sich in ihre Gedanken ein. Mit jedem Schmerz, der sie durchzuckte, verfluchte sie den Mann, der ihr dies alles angetan hatte. Nie mehr würde sie dieses Gesicht vergessen. Erschöpft fiel ihr Kopf auf das Holz. Es war vor-

17

bei! Sie konnte sich nicht mehr gegen den Schmerz wehren. Übermächtig war er geworden.

Ein letzter Schrei verließ ihren Mund, dann hatte Alfena keine Kraft mehr zum Schreien. Sie hatte überhaupt keine Kraft mehr. Einer der Legionäre schlug sie mit der Faust in das Gesicht und zwang sie den Mund zu öffnen. Sie konnte nur noch wimmern. Dann ließen die Männer von ihr ab und widmeten sich nur noch ihrer Mutter, die immer noch auf der Bank neben ihr schrie.

Warum war die Mutter nicht ruhig? Vielleicht würden die Männer dann auch bei ihr aufhören? Aus dem Schreien der Frau neben ihr wurde ein Röcheln und Alfena verlor die Kontrolle über ihren geschundenen Körper. Sie konnte das Wasser nicht mehr halten und spürte, wie es warm an ihrem Bein herunter lief. Sie schämte sich dafür, so hier zu liegen. Geschunden und beschmutzt. Nun konnte sie unterhalb ihrer Taille gar nichts mehr fühlen. Es war, als wäre sie in der Mitte durchtrennt worden.

Zwei der Legionäre entleerten sich auf dem Rücken der Mutter und dann war Stille. Alfena sah zu ihre Mutter hinüber, aber die rührte sich nicht mehr. Kein Ton, keine Bewegung. Dann hörte sie, wie der Wagen abfuhr und das Lachen der Soldaten langsam verklang. Jemand durchtrennte ihre Fesseln und sie sah, wie Allarus sie aufhob. Er wickelte sie in seinen Mantel und ging, mit ihr auf den Armen, in den Wald.

18

3. Kapitel

Hilfe in der Not

Die alte Frau saß gebeugt vor dem Feuer, das in der Ecke der Hütte brannte, und die roten Flammen beleuchteten ihr hageres Gesicht. Immer wieder schaute sie zu dem Mädchen, das ihr Allarus gebracht hatte. Seit Tagen wischte sie ihr den Schweiß von der Stirn und legte fiebersenkende Blätter auf. Bei einer dieser Behandlungen schreckte Alfena hoch und sah die alte Frau fragend an. Alles tat der jungen Frau weh und sie wusste nicht, wo sie war, doch die Frau kannte sie. Es war Aina, die Heilerin aus dem Wald. Im Dorfe sagte man sich, dass sie schon hundert Sommer alt war. Und genau so sah die Frau auch aus. Eine dünne, ledrige Haut spannte sich über ihre Knochen und sie schien kein einziges Stück Fleisch mehr an ihrem Körper zu haben.

Gütig sah sie auf Alfena herab, dann drückte die alte Frau sie mit der knochigen Hand wieder auf das Schlaflager zurück, das ein Stapel von alten Fellen über einem Holzgestell war. „Ich kann meine Beine nicht mehr spüren." sagte die junge Frau mühsam. Aina schlug den Mantel zurück, der die junge Frau zur Hälfte bedeckt hatte. Wieder richtete sich die Frau auf und nun sah sie im rötlichen Schein der Flammen die Wunden, die Aina notdürftig genäht hatte und gerade wieder mit einer Tinktur abtupfte. Der Schmerz jagte durch den Körper der jungen Frau, so dass sie aufschrie. „Wenn dein Vater dich nicht zu mir gebracht hätte, so wärst du verblutet, so wie deine Mutter." sagte die alte Frau und Alfena erschrak. „Meine Mutter ist tot?" entfuhr es ihr und die alte Frau nickte nur müde. Alfena dachte zurück an den Moment, der sich wohl für immer in ihr Gedächtnis gebrannt hatte. Die Gewalt und den Schmerz, der fremde Römer, die Mutter, die unbeweglich neben ihr lag! Tränen schossen ihr in die Augen. Tränen der Wut und des Schmerzes.

19

„Zum Glück hattest du keine inneren Verletzungen." sagte Aina und ging den Lappen wieder neu mit dem Kräutersud benetzen. „Zum Glück?" fragte Alfena erzürnt und die alte Frau nickte. Sie lag hier in dieser Hütte, alles tat ihr weh und sie hatte unterhalb der Hüfte keine Kontrolle mehr über ihren Körper. Alfena war brutal geschändet, beschmutz und entehrt worden. Die fremden Soldaten hatten jede ihre Körperöffnung entweiht und die alte Frau sagte „Zum Glück!" Wenn sie hätte aufstehen können, so wäre sie jetzt Aina sicher aus Zorn an die Kehle gegangen, aber so musste sie sich in ihr Schicksal fügen und warten. Eine neue Welle des Schmerzes zog durch ihren Körper und sie wünschte sich, dass sie dort neben ihrer Mutter gestorben wäre. Alfena schrie auf und ließ sich nach hinten fallen. Warum war sie noch am Leben? Ihr ganzer Körper schien in Flammen zu stehen und dann durchzuckte sie eine Erkenntnis. Nicht Aina hatte ihren Zorn verdient, sondern die Römer! Wieder beugte sich die alte Frau sorgenvoll über sie. Sicherlich hatte es einen Grund, dass sie noch am Leben war. Die Götter würden es wissen!

Alfena versuchte ihre Zehen zu bewegen, aber nichts passierte. Neue Tränen liefen ihr über die Wange. „Wird das wieder werden?" fragte sie und zeigte auf ihre Beine. „So unsere Götter es wollen, ja." antwortete Aina und brachte ihr etwas zu trinken. Mühsam setzte sich Alfena auf. Gierig trank sie den Becher leer und sah an sich herab „Hast du mich gewaschen?" fragte die junge Frau. Aina nickte „Und wieder zusammengenäht. Diese Männer nennen uns Barbaren. Dabei sind sie doch selbst die Barbaren. Wer tut einer Frau nur so etwas an?" dabei betastete sie die Nähte und Alfena zuckte vor Schmerz zusammen. Sie biss sich auf die Lippe und stöhnte auf. Ein bisschen Gefühl kam also schon wieder zurück. „Wie lange liege ich schon hier?" fragte sie und Aina antwortete „Einen halben Mond." „So lange?" gab Alfena zurück und die alte Frau nickte nur.

20

„Ich werde dir etwas gegen die Schmerzen geben." erklärte die Heilerin und ging zu einer kleinen Kiste, die auf dem wackeligen Tisch stand. Sie entnahm etwas daraus und zog ein paar weitere Kräuter von einer Leine, die sie über dem Feuer gespannt hatte. Danach zerrieb sie diese sorgfältig auf dem Tisch, der bei jeder ihrer Bewegungen knarrte. Mit etwas Wasser rührte sie daraus einen Sud, den sie der jungen Frau zu trinken gab. Das Gebräu der Alten schmeckte abscheulich und Alfena schüttelte es, aber wenn es half, dann musste das wohl so sein. Sie würgte an dem bitteren Geschmack und sah auf ihre Hände. An ihren Gelenken waren noch die Striemen von den Seilen zu sehen, die sich tief in ihre Haut eingeschnitten hatten.

Alfena griff nach hinten in ihr Haar, wie sie es immer gewohnt war, doch statt den Zopf zu erwischen, griff sie nur ins Leere. Ihre Haare waren sicher gerade auf dem Weg nach Rom. „Ich glaube ich muss mal." sagte sie zu Aina und diese stützte sie beim Aufstehen. Langsam konnte sie sich wieder bewegen, aber bei dem Tempo auf den wackeligen Beinen würde sie es sicher nicht rechtzeitig bis vor die Hütte schaffen. Das hatte Aina vermutlich ebenfalls bemerkt, denn sie zog mit dem Fuß einen hölzernen Eimer nach vorn, in den sich Alfena erleichtern konnte. Obwohl erleichtern nicht das richtige Wort dafür war. Ihr tat, trotz des Schmerzmittels, immer noch alles weh.

Als sie wieder im Bett lag dachte sie daran, was der Offizier ihr gesagt hatte: „Diesen Tag wirst du nie vergessen." Ganz sicher würde sie das nie im Leben wieder tun! So wie der Mann sie vor dem ganzen Dorf gedemütigt hatte, konnte sie sich dort nicht mehr sehen lassen. Jeder hatte ihre Schande gesehen, jeder hatte zugesehen, wie die Männer sich an ihr vergnügt hatten. Und wie sie vor Schmerz geschrien hatte. Sie hatte sich das Gesicht des Offiziers genau angesehen und sie schwor sich, es ihm irgendwann einmal heimzuzahlen.

Diese Tat sollte nicht ungestraft bleiben. Sie bat die Götter, ihr bei ihrer Rache zu helfen und den Mann vor ihren Dolch zu bringen.

Fürs Erste war sie aber praktisch hilflos und auf Gedeih und Verderb auf die alte Frau angewiesen. Momentan konnte sie nichts alleine machen und das störte sie am meisten. Sie war es gewohnt, alles selbst zu erledigen und nun das hier. Nicht mal aus dem Bett kam sie alleine heraus! Sie legte sich zurück und drehte sich so, das Aina sie nicht sehen konnte. Nun ließ sie ihre Tränen wieder heraus. Tränen des Schmerzes und Tränen der Wut.

Sie war hier, mitten im Wald, hilflos an das Bett gefesselt und der Mann war sicher schon lange wieder in seinem befestigten Lager. Im nächsten Jahr würde er bestimmt wieder zurückkommen und bis dahin würde ihre Rache warten müssen. „Ihr Götter gebt mir die Kraft." murmelte sie. Unter Tränen und Schmerzen schlief sie schließlich entkräftet ein.

Den Rest des Mondes blieb sie mehr im Bett, als das sie auf den Beinen war, aber schließlich konnte sie sich wieder ohne fremde Hilfe bewegen. Da sie ja sowieso nicht zu ihrem Stamm zurück wollte, beschloss sie, bei Aina in der Hütte zu bleiben und der alten Frau zu helfen. Schon immer hatten die Kräuter sie interessiert und nun konnte sie direkt bei der Heilerin lernen, was sie wofür nehmen konnte. Die Abgeschiedenheit in der Hütte im Wald nahm sie dafür gern in Kauf. Praktisch war sie ja jetzt auch eine Ausgestoßene. So wie Aina es sicherlich auch war. Ein Geschöpf des Waldes. Sie hatte das Gefühl, dass die Götter ihr halfen, damit sie zu ihrer Rache kommen konnte.

22

Noch lange war sie bei jedem Schritt zusammengezuckt, doch nun konnte sie sich wieder einigermaßen bewegen und Aina war eine richtige Freundin für sie geworden.

Von Zeit zu Zeit hatte ihr Vater sie in der Hütte besuchen wollen, aber sie konnte ihm nicht unter die Augen treten, wo sie doch so die Ehre des Stammes und der Familie beschmutzt hatte. Während er draußen, vor der Hütte, mit Aina redete, stand sie hinter der Tür und lauschte seinen Worten aus dem fernen Dorf der Jugend.

Nur langsam reifte in ihr die Erkenntnis, dass die Römer sie und ihre Mutter nur als Werkzeug benutzt hatten, um den Vater zu demütigen und das sie selbst nichts dafür konnte. Trotzdem würde es sicher noch viele Monde dauern, bis sie sich wieder unter Menschen trauen würde.

4. Kapitel

Eine Winternacht

In ihren langen Mantel eingehüllt stapfte sie durch den Schnee. Noch immer war sie bei Aina im Wald und wollte dort auch bis zum Frühjahr bleiben. Mittlerweile hatte sie sich mit ihrem Schicksal abgefunden und nur bei großer Kälte schmerzten die Narben noch. Aber auch so würde sie für den Rest ihres Lebens an diesen folgenschweren Tag denken müssen. Fast jede Nacht sah sie den lachenden Mann im Traum vor sich und immer entzog er sich ihrem Dolch. Mit jedem Albtraum wurde es nur noch schlimmer und so war sie ganz froh gewesen, das Aina ihr eine Aufgabe gegeben hatte, die sie davon ablenken würde. Nicht an den Tod, sondern an das Leben sollte sie nun denken. Die junge Frau war auf dem Weg von der Waldhütte zur elterlichen Siedlung, die ja nun eigentlich nur noch eine väterliche war. Es war ihr erster Besuch seit damals und sie zögerte mit jedem Schritt, aber der Winter trieb sie vorwärts.

Der Schnee reichte ihr an manchen Stellen bis zur Hüfte und immer wieder musste sie sich aus einer Schneewehe befreien, um weiter vorwärts zu kommen. Obwohl sie noch nicht verheiratet war trug sie nun den Dolch an ihrer Seite und den langen Rock der Frauen hätte sie im Winter sowieso getragen. Der Dolch hatte ihrer Mutter gehört und der Vater hatte ihn ihr in der Hütte vorbei gebracht. Auf diese Klinge hatte sie geschworen, eines Tages das Blut des Mannes damit zu vergießen, der ihr und ihrer Mutter diese Schande angetan hatte.

Den Mantel hatte sie sich vor das Gesicht gezogen, um die beißende Kälte nicht an sich heran zu lassen. Eigentlich hätte sie nun lieber bei Aina in der Hütte gewartet, doch eine der Frauen aus der Siedlung würde in der nächsten Nacht ihr Kind bekommen. Zumindest hatte das Aina gesagt, und die irrte sich fast nie. Da die alte Frau aber für den Marsch durch den Schnee zu gebrechlich war, hatte sie Alfena genau instruiert und danach losgeschickt.

Der Weg von der Hütte zu dem Haus war zwar bei normalem Wetter nicht so weit, aber jetzt im Winter, wo die Dämmerung auch noch früher einsetzte als sonst, war es schon eine Herausforderung. Wenn dann erst mal die Dunkelheit der Nacht sich über den Wald legte, so würde sie sicher nicht mehr den Weg finden und bestimmt im Wald erfrieren. Wenn die Wölfe dies überhaupt zuließen. Oft kamen die Tiere bis nahe an die Hütten heran. Der Geruch der Tiere in den Ställen lockte sie aus der Finsternis.

Die Spitzen der Bäume waren noch im Licht der Sonne, als sie endlich vor der Siedlung stand. Gerade noch rechtzeitig hatte sie ihr Ziel erreicht und trat in die Hütte ein. Nur spärlich wurde der Raum von dem Feuer beleuchtet, dass unmittelbar hinter dem Eingang brannte. Schon oft war Alfena in dieser Hütte gewesen und sie kannte auch die Frau sehr gut, der sie nun durch diese Nacht helfen würde.

Zwei Kinder warteten auf einer Bank vor dem Feuer und sahen sie an. Der Mann war anscheinend nicht in der Hütte und die Frau stand mit dem Rücken zu Alfena an die Hüttenwand gelehnt da. Als sie das Geräusch der Tür hörte, drehte sie sich um, fragte „Ist es so weit?“ und die junge Frau nickte. Alfena schüttelte sich den Schnee von Mantel, Rock und Schuhen und hängte den langen Mantel über einen Haken an der Hüttenwand neben der Frau. Sie trat an das Feuer und wärmte sich die kalt gewordenen Hände daran.

Noch war sie untätig, doch sie war gar nicht lange in der Hütte, als die erste Wehe einsetzte. Nun kamen ihr doch Zweifel. Aina hatte ihr gesagt, dass vermutlich nichts passieren würde und die Frau das Kind von alleine bekam. Damit hatte die alte Frau sie beruhigt, denn bisher hatte Alfena immer nur der erfahrenen Frau assistiert und diesmal würde sie selbst helfen müssen. „Nur die Ruhe bewahren." sagte sie sich in Gedanken. Diesen Satz hatte ihr auch Aina mit auf den Weg gegeben. Noch immer war der Mann nicht in der Hütte angekommen und so ließ sie die beiden Kinder einfach am Feuer sitzen.

Alfena schob die schwangere Frau nach hinten in die Hütte, wo das Bett war, auf das sich die Frau legen sollte. Noch war es nicht so weit und es würde auch noch eine ganze Weile dauern, bis das Kind da sein würde, aber für die werdende Mutter war es nun besser zu liegen. So würde sie die Schmerzen besser ertragen können. Alfena bereitete einen Sud aus Blättern zu und dachte daran, dass es dieselben Kräuter gewesen waren, die Aina ihr damals gegeben hatte. Vermutlich beruhigte das Getränk mehr, als das es die Schmerzen nahm.

Nun, da die Wehen immer schneller kamen und die Mutter auch unter dem Schmerz schrie, wurden die beiden kleinen Kinder auf der Bank unruhig. Alfena konnte sich aber nicht gleichzeitig um sie und die Mutter kümmern, daher versuchte sie eine List bei den Kindern anzuwenden, um sie irgendwie zu beschäftigen. Schließlich gelang ihr das. Nun konnte sie dem anderen Kind, das gerade versuchte auf die Welt zu kommen, ihre volle Aufmerksamkeit zuteilwerden lassen. Gemeinsam pressten sie das junge Leben auf diese Welt, wobei ihre Hilfe eigentlich nur aus Festhalten und Gegendrücken bestand.

Wie es die alte Frau bereits gesagt hatte, dauerte es nicht lange und das Kind war auf der Welt. Mit einem kräftigen Schrei begrüßte es diese kalte Winternacht und genau in diesem Moment kam auch der Vater zur Tür herein. „Du hast einen Sohn." begrüßte ihn Alfena und der Mann trat zu ihr. Vom Alter her hätte er ihr Vater sein können und darum bedankte er sich auch bei der Frau, indem er ihr über die Haare strich.

26

Für einen Augenblick zuckte sie zusammen. Die Berührung des Mannes war zu überraschend gekommen und sie nickte ihm nur erschrocken zu. Scheinbar war der seelische Schmerz nur leicht in den Hintergrund getreten, kam aber sofort wieder zurück. Alfena wendete sich der Mutter zu und dann deckte sie die Frau zu. Danach zog sie sich vor dem Mann zu den Kindern an das Feuer zurück. Obwohl sie eigentlich nicht viel gemacht hatte, war sie doch stolz darauf, geholfen zu haben. Nun würde sie in der Hütte den nächsten Tag abwarten, um danach wieder in den Wald zu Aina zurückzukehren.

Der Mann trat an sie heran und sagte ihr, dass der Mann, dem sie eigentlich im Herbst versprochen worden war, bei ihrem Vater zu Besuch war. Sollte sie es wagen und zu der anderen Hütte hinüber gehen? Was würde der Mann zu ihr sagen? Sie war doch eine Entehrte! Doch in den Wald fliehen konnte sie in der Dunkelheit nicht. Sollte sie sich ihren Ängsten stellen? Was würde, wenn die Angst übermächtig wurde? Sie blickte zu ihrem Dolch. War das der Wille der Götter?

Alfena hätte hier sicher noch bis zu Morgen überlegen können, doch schließlich fasste sie den Entschluss, sich ihrem Schicksal zu stellen. Schließlich nickte sie und stand auf. Zusammen mit dem älteren Mann verließ sie die Hütte und so gingen sie die paar Schritte hinüber, wo der Vater sie begrüßte. Ein junger Mann, nicht viel älter als sie, saß bei ihm am Feuer und Alfena gefiel er. Sie setzte sich zu ihm auf die Bank. Doch der Dolch war zwischen ihnen.

5. Kapitel

Gemeinsames Leben

Nebeneinander saßen die Beiden am Feuer und schauten sich verstohlen aus dem Augenwinkel an. Da der junge Mann gerade mit seinem Vater auf der Jagd gewesen war und auch Alfenas Vater anwesend war, hatten alle betroffenen Parteien gerade in diesem Moment am Feuer zusammengefunden. Vielleicht hatte ihr Vater es gerade erst entschieden, als sie durch die Tür gekommen war. Doch sie war dem anderen Mann immer noch versprochen. Weder Alfena noch der junge Mann waren gefragt worden, wo sie doch jetzt eigentlich als Entehrte im Wald lebte und nicht mehr in ihrem Stamm. Bei einem Becher voller Honigwein wurde die Verbindung besiegelt und sie würde am nächsten Tag nicht zu Aina in den Wald zurückgehen, sondern in das fremde Dorf wechseln.

Eine andere Frau aus der Siedlung würde die alte Frau im Wald informieren und auch bei Bedarf betreuen. Alfena fühlte sich immer noch mit einem Makel behaftet und versuchte den Vater auf die Verletzungen zu verweisen, die ja zwar verheilt waren, aber doch irgendwie dazu geführt hatte, dass sie sich nur als halbe Frau fühlte. Und außerdem war sie ja auch noch entehrt. Kein Mann würde sich doch mit solch einer Frau abgeben! Doch ihr Vater tat ihre Einwände mit einer Handbewegung ab „Jeder hat gesehen, was dir angetan wurde." sagte er nur. Alfena musste bei der Bemerkung schlucken. Die schrecklichen Bilder und der Schmerz kamen zurück. Trotzdem fügte sie sich in ihr Schicksal. Dem Vater zu wiedersprechen, dass gehörte sich nicht, schließlich war er das Oberhaupt der Familie und in ihrem Falle auch noch das der ganzen Gemeinschaft.

Den Rest der Nacht saßen die beiden jungen Leute weiter auf der Bank, während die Väter auf die Vereinigung der Familien anstießen.

28

Als Zeichen ihres Stammeswechsels nahm Allarus ihr die Fibel weg, die ihren Mantel auf dem Weg zusammengehalten hatte und der Vater ihrer neuen Familie gab ihr eine mit dem Wappen seiner Familie. Eine Krähe war darauf zu sehen und so wie dieser Vogel die Verbindung zu den Göttern hielt, so bat nun auch sie die Götter um ihren Beistand.

Als dann am Morgen die Sonne über den Baumwipfeln erschien, brachen sie auf. Der Marsch würde sicher den ganzen Tag dauern und so marschierten sie zügig los, um nicht zu spät in dem neuen Dorf zu sein. Nur kurz hatte sich Alfena umgedreht, als sie aufgebrochen war. Die Vergangenheit lag nun hinter ihr, aber würde es auch eine neue Zukunft geben? Konnte man die Vergangenheit einfach so loslassen? Der Schmerz durchzuckte sie, als sie den freien Platz überschritt. Den Platz, der ihre Schande gesehen hatte. Nur durch eine dünne Schneeschicht bedeckt, die den Ort der Schmach in ein schönes Weiß verwandelte. Darunter waren sicher noch ihr eigenes Blut zu sehen und das der Mutter. Alfena war mit großen Schritten über die freie Fläche gegangen und hatte nur einmal kurz gestockt. Direkt hinter der Hecke begann der verschneite Wald.

Der Schnee behinderte sie wieder auf dem Weg und in der Nacht hatte es noch mehr geschneit. An einer Stelle konnten sie nicht auf dem Weg bleiben, da ein Baum unter der Schneelast umgestürzt war. Obwohl ja überall Schnee lag, mussten sie nun, abseits des Weges, einen mühsamen und kräfteraubenden Umweg unternehmen. Zwischen den Bäumen war der Schnee verweht und lag zum Teil locker übereinander. Bis zur Hüfte brach Alfena in die Schneemassen ein. Der lange Rock war schon bald völlig durchnässt und sie fror unsäglich. Nur die Unterschenkel hatte sie sich mit schützenden Tüchern umwickelt und auf dem Weg, in den Fußspuren der Männer, hätte das sicher gereicht, aber in diesem tiefen Schnee war sie viel zu tief eingebrochen. Die Hosen der Männer waren da besser geeignet und schützten bestimmt vor der Nässe und Kälte. Schon nach wenigen Schritten durch den Tiefschnee war Alfena an der Grenze ihrer Kräfte angelangt. Auf ihren Mann gestützt, von dem sie bisher noch nicht einmal den Namen kannte, schleppte sie sich weiter voran. Kurz wurde sie sogar von ihm getragen, bevor sie wieder auf den Weg trafen. Er schien sehr kräftig zu sein, obwohl seine Statur dies nicht vermuten ließ. Auf den Speer des Mannes gestützt lief sie weiter.

Schließlich erreichten sie doch noch vor der Dämmerung das andere Dorf. Es sah fast genauso aus wie das, aus welchem sie am Morgen aufgebrochen waren. Es standen dort aber doppelt so viele Häuser hinter der Hecke. Eines davon würde von nun an ihres sein und die Frau schaute, zu welchem ihr Mann gehen würde. Sie folgte ihm zu der kleinen Hütte am Rande des Dorfes, in das sie zusammen eintraten. Es war kalt darin, der Raureif glitzerte an der gegenüberliegenden Wand im Schein der Abendsonne und so ließ sie den Mantel vorerst an, bis sie ein Feuer entzündet hatten, dass die Hütte schnell erwärmte.

Danach hängte sie Mantel, Gürtel und Dolch an den Haken neben der Hüttentür. Nun war es wirklich ihr Zuhause. In der Hütte, am Feuer sitzend, sagte er „Mein Name ist Gundraf." Dann zeigte er auf die Bank neben sich, damit sie sich setzen sollte. Alfena stellte sich ebenfalls vor und sah sich dann im Scheine der Flammen in ihrer neuen Behausung um. Sie sah das Bett und setzte sich zu ihrem Mann auf die Holzbank. War es nicht solch eine Bank gewesen, die ihre Schande gesehen hatte? Sie zuckte zusammen. Stockend erzählte sie von ihren Verletzungen, doch anscheinend hatte es sich sogar, so wie es der Vater zuvor gesagt hatte, bis in dieses Dorf herum gesprochen, was ihr passiert war. Irgendwie erschauderte sie bei dem Gedanken, nun alleine mit dem Mann in der Hütte zu sein. Was würde passieren? Ihre Augen wanderten zum Dolch neben der Tür. Dann senkte sie ihren Blick in das Feuer. Beide sagten nicht ein Wort. Offensichtlich

30

war auch Gundraf von der Situation überrumpelt gewesen. Er war zur Jagd aufgebrochen und war mit seiner Frau zurückgekehrt.

Als sie dann später in das Bett gehen wollten, und sie ihre Kleidung abgelegt hatte, schämte sie sich nur noch viel mehr. Niemand außer ihr und Aina hatte die Narben bisher gesehen. Nackt stand sie im rötlichen Schein des Feuers und versuchte ihren Schoß mit den Händen zu verdecken. Der Mann zog die Hände weg und betrachtete die geheilte Naht. Dann legte auch er seine Sachen ab, und sagte ihr, dass er vorerst darauf verzichtete, die Ehe zu vollziehen.

Er führte sie die zwei Schritte bis zum Bett. Unter einem Fell kuschelten sie sich aneinander und sie hörte an den Schlafgeräuschen, dass der Mann nach dem anstrengenden Marsch schnell eingeschlafen war. Auch ihr zog es nun die Augen zu, obwohl sie nackt neben ihm lag. Ein letzter Blick ging zu dem Dolch an der Wand. In den Armen ihres Mannes schlief sie bis zum Morgen durch. Kein Albtraum erreichte sie in dieser Nacht, es war die erste ruhige Nacht seit langem für sie gewesen. Beim Aufwachen dankte sie dann ihren Göttern für das Verständnis, dass dieser Mann ihr entgegengebracht hatte. Schnell war sie aufgestanden, hatte sich den Kittel übergeworfen und das Feuer angeschürt, so wie es ihre Pflicht als Hausfrau ab sofort sein würde.

Kurz nach ihr stand auch ihr Mann auf und ging hinaus in eine der anderen Hütten, um seine Tiere zurückzuholen, die er für die Jagd bei seinem Vater untergestellt hatte. Nun würde es auch Alfenas Aufgabe sein, die Kuh und die beiden Schweine zu füttern und zu versorgen. Bis auf eines fühlte sie sich nun wie eine richtige Ehefrau: der Makel der noch nicht vollzogenen Ehe hing noch an ihr und sie bat am folgenden Abend ihren Mann daher, diese, in ihren Augen, Schande von ihr zu nehmen. Gleichzeitig zuckte sie aber auch vor diesem Wunsch zurück. Der Schmerz war noch lange nicht vergessen, nur verdrängt. Er streifte ihr den Kittel von den Schultern und mehr wie einmal zuckte sie bei seiner Berührung auf ihrer nackten Haut zurück. Dann hob er sie auf seine Arme und trug sie zu der Schlafstatt. Behutsam ging er zu Werke und die Schmerzen hielten sich bei ihr in Grenzen. Nur kurz musste sie die Zähne zusammen beißen, doch nun war sie wirklich in den Bund der Frauen aufgenommen. Sie kuschelten sich unter der Decke aneinander, so wie am Abend zuvor und schliefen auch einfach so nebeneinander ein.

Damit hatte sie das ihr genommene Selbstvertrauen und die Ehre zurück. Voller Stolz konnte sie den Dolch nun an ihrer Seite tragen und würde, zusammen mit Gundrafs Mutter, die Frauen der Gemeinschaft führen. Mit der älteren Frau verstand sich Alfena sehr gut und schon bald saßen sie zusammen am Feuer, wenn die Männer auf der Jagd waren. Sie war sich sicher, dass sie es hätte schlechter treffen können. Zum Glück hatte sie einen verständnisvollen Ehemann bekommen. Das war nicht immer und auch nicht überall so.

Langsam kehrte so etwas wie Normalität in ihr Leben ein. Die Zeit des Winters begann ebenfalls abzulaufen und schon bald würde das Dorf beginnen, das Getreide auszusäen. Auch dabei würde ihr eine wichtige Aufgabe zufallen, denn irgendwann würde sie ja zusammen mit ihrem Mann die Gemeinschaft leiten. Wann immer sie eine Frage hatte, so erinnerte sie sich, was ihre Mutter in diesem Falle getan hätte, oder sie ging zu Gundrafs Mutter und fragte diese.

Auch von ihr bekam sie viel Verständnis. Sie versuchte Alfenas Mutter ein bisschen zu ersetzen und half ihr, wo immer es nötig war. Aber auch das bei Aina erworbene Wissen und Können setzte die junge Frau ein, um ihren Stammesangehörigen zu helfen. So hatte sie ihren Platz in diesem neuen Stamm gefunden.

32

6. Kapitel

Neue Sorgen

Seit einem halben Jahr lebte sie nun schon in ihrer neuen Gemeinschaft. Sie hatte sich gut eingelebt und ein kleiner Bauch zeigte an, dass sie noch in diesem, oder Anfang des nächsten Jahres, zumindest im folgenden Winter, Mutter werden würde. Noch war der Bauch eher klein und unter dem Kittel meist vollkommen versteckt, doch es ließ sich nun nicht immer mehr verbergen. Die Zeit der Ernte kam auf das Dorf zu und damit näherten sich auch die durchlebten Schrecken wieder ihrem Höhepunkt. Oft war sie nachts schreiend aufgewacht in der Erinnerung an den letzten Sommer. Ihr Mann hatte sie dann immer getröstet, in den Arm genommen und beruhigt. Solange das Korn noch grün war, hatte sie nichts zu befürchten. Daher ging ihr Blick jeden Morgen sorgenvoll über das angrenzende Feld.

Doch mit der goldenen Farbe des Korns würden auch schon bald die römischen Legionäre wieder durch das Land ziehen und die Abgaben eintreiben. Alfena wurde nun jede Nacht von Albträumen aus dem Schlaf gerissen. Manchmal sogar mehrmals und ihr Mann hatte immer größere Mühe, seine zitternde Frau wieder zu beruhigen. Als dann die Ernte in die Scheunen eingebracht war, konnte es jeden Tag soweit sein, dass die Eintreiber auch in ihr Dorf kamen. Jeden Morgen zog sie nun den Dolch, prüfte die Schärfe seiner Klinge und verwahrte ihn an ihrem Gürtel, der trotz des Bauches immer straff um ihre Hüften gezogen war. Nicht einen Schritt wollte sie sich von der Waffe trennen. Sie dachte daran, was wohl geschehen würde, wenn der Offizier in das Dorf kommen würde.

Einerseits hatte sie auf diesen Dolch geschworen, den Mann zu töten, andererseits hatte sie jetzt auch eine Verantwortung ihrem un-

33

geborenen Kind gegenüber. Sie würde sicher nicht zögern, ihren Dolch zu benutzen, aber damit wäre dann auch ihr Leben verwirkt und auch das des Kindes unter ihrem Herzen. In einer Stunde der höchsten Not bat sie die Götter darum, den Mann in diesem Jahr nicht in das Dorf zu senden. Würden die Götter ihren Wunsch erhören? Oder war der Wunsch nach Rache, der ja viel älter war, stärker?

Die Ernte war in diesem Jahr mehr als reichlich ausgefallen und die geforderte Abgabe würden sie somit mit Leichtigkeit erbringen können. Damit stand nur noch die Rache zwischen dem Leben und dem Tod der ganzen Gemeinschaft. Konnten die Menschen hier riskieren, dass Alfena sie alle tötete? Und konnte sie das selbst riskieren? Für die Männer war die Blutrache eine der höchsten Bestimmungen. Nur ihr waren sie alle verpflichtet. Aber sie war eine Frau und auch noch schwanger. Sie sollte doch das Leben in die Welt bringen und nicht den Tod! Schließlich beschloss sie für die Zeit, bis die Abgaben abgeholt worden waren, zu Aina in den Wald zu gehen. Schweren Herzens verabschiedete sie sich von Mann und Gemeinschaft und folgte dem altbekannten Weg durch den Laubwald.

Sie war am Morgen aufgebrochen und noch gar nicht lange unterwegs gewesen, als plötzlich fünf Wölfe direkt vor ihr aus dem Unterholz traten. Die Tiere waren keine zehn Schritte von ihr entfernt und setzten sich genau in ihren Weg. Es war schon ungewöhnlich, in dieser Jahreszeit überhaupt einen Wolf anzutreffen und dann auch noch mitten am Tag. Alfena riss den Dolch aus der Scheide und stellte sich in Abwehrposition. Hätte sie gegen die fünf Tiere überhaupt eine Möglichkeit der Verteidigung? An eine Flucht dachte sie gar nicht erst.

Das größte der Tiere trat einen Schritt auf sie zu und fletschte seine Zähne. Das Knurren des Wolfes war eine mehr als deutliche Warnung an die Frau, aber die Tiere näherten sich ihr nicht, sie versperrten nur den weiteren Weg. Wollten sie verhindern, dass sie das Dorf verließ und sich damit ihrer Rache entzog? Fast schien es so zu sein! Waren sie Boten der Götter, die Alfena an den Schwur erinnern sollten?

Die Frau trat einen Schritt vor, aber die Tiere blieben, nur das Knurren wurde lauter. Sie hob den Dolch und richtete ihn auf das größte Tier. Sie bat die Götter ihr zu helfen und erklärte den Wölfen, dass sie sich der Rache nicht entziehen wollte, sondern nur den Zeitpunkt der Rache verschieben wollte. Das Knurren des Wolfes hörte auf und das Tier schien ihr zuzuhören. Weiter erklärte sie dem Geschöpf ihre Beweggründe und zeigte auf ihren Bauch. Trotzdem gingen sie nicht aus dem Weg. Nebeneinander standen die Bestien, immer noch zähnefletschend, über die ganze Breite des Weges. Hier gab es kein Durchkommen für sie. Missmutig ließ sie den Dolch sinken.

Plötzlich tauchte Aina direkt hinter den Wölfen aus dem Wald auf. Auf einen großen Stock gestützt erschien sie einfach so hinter einem Baum und stieß den Stock in die Erde. Die Wölfe drehten sich zu ihr um und zogen sich daraufhin in den Wald zurück. Das größte der Tiere schaute noch einmal zu Alfena zurück und schien ihr zu sagen „Denke an dein Versprechen!" dann waren sie verschwunden, so als wären sie nie dagewesen.

Aina nahm ihren Stock und ging auf Alfena zu, die immer noch wie erstarrt, mit dem Dolch in der Hand, mitten auf dem Weg stand. „Kindchen, was habe ich dir erzählt? Niemals alleine in den Wald gehen!" sagte die alte Frau und schüttelte den Kopf über so viel Unvernunft. Alfena steckte den Dolch weg und antwortete „Bist du nicht auch alleine?" doch die alte Frau schüttelte den Kopf. „Die Ahnen sind immer bei mir." Dabei zeigte sie mit der Hand nach oben und

Alfena sah ein paar Raben, die auf einem Baum saßen und zu den beiden Frauen herunter schauten.

Gemeinsam setzten die beiden Frauen ihren Weg fort und die junge Frau erzählte auf dem Weg alles, was Aina wissen musste und alles, was diese hören wollte, über das Leben in der neuen Gemeinschaft. Hier draußen im Wald erfuhr man nicht eben viel. Obwohl Alfena nichts von ihrer Schwangerschaft erzählt hatte, und es durch das weite Gewand sicher auch nicht aufgefallen war, legte Aina ihre Hand auf den Bauch der jungen Frau und sagte „Du wirst einen gesunden und starken Sohn zur Welt bringen. Wenn es soweit ist, werde ich für dich da sein."

Immer wieder staunte die junge Frau über das Wissen der Heilerin. Aber wenn man so viele Sommer und Winter hier gelebt hatte, so konnten einem sicher auch die Bäume etwas erzählen und es war mit Sicherheit kein Zufall gewesen, dass die alte Frau dort im Wald gestanden hatte, als Alfena sie dringend gebraucht hatte. „Woher hast du gewusst, dass ich zu dir kommen wollte?" fragte sie dann doch die ältere Freundin und Aina zeigte wieder nach oben. Die Raben zogen immer noch ihre Kreise über ihnen. „Kindchen. Hier im Wald entgeht mir nichts. Die Ahnen und die Götter sagen mir alles, was ich wissen muss." Alfena erkannte, dass sie wirklich noch viel lernen musste. War dieser Sommer vielleicht wieder die Möglichkeit, um Wissen zu erwerben? Sie sah die ältere Frau von der Seite aus an.

Fast lautlos ging die Frau neben ihr und es schien so, als ob ihre Füße kaum den Boden berührten. Noch vor dem Abend erreichten sie die kleine, windschiefe, und der jungen Frau wohlbekannte, Hütte auf der kleinen Lichtung mitten im Wald.

36

Auf einem Ast über dem Eingang saß eine Eule und schaute mit großen Augen zu der jungen Frau herunter. Dieses Tier hatte sie hier noch nicht gesehen und es schien, als ob Aina sich stumm mit dem Tier unterhielt. Dann nickte die alte Frau und der Vogel breitete seine Schwingen aus. Wenig später war er im Geäst der Bäume verschwunden. Nun war sie wieder dort, wo sie fast genau vor einem Jahr gewesen war. Mit der alten Frau mitten im Wald.

Zusammen würden sie warten, bis Aina von den Tieren, oder wem auch immer, erfahren hatte, das Alfena wieder unbeschadet in ihr Dorf zurückgehen konnte. Das würde aber sicher einen Mond dauern und insgeheim freute sich Alfena darauf, wieder viel von Aina lernen zu dürfen.

7. Kapitel

Eine schmerzhafte Nacht

Es war wieder Winter geworden und die Frau schob schon seit ein paar Tagen ihren Bauch nur noch vor sich her. Sie hatte das Gefühl, dass er mit jedem Tag größer wurde und oft musste ihr Mann ihr früh aus dem Bett helfen, damit sie ihre normalen Tätigkeiten machen konnte. Als sie im Sommer bei Aina im Wald gewesen war, hatte diese ihr einen kleinen Topf mit einem wohlriechenden Fett mitgegeben. Auf die Anweisung der alten Frau hin hatte Alfena jeden Tag ihre Narben damit eingeschmiert und somit etwas weicher gemacht, aber nun wurde der Topf langsam leer.

Vermutlich hatte Aina die Menge genau so groß gemacht, dass sie bis zur Geburt reichen würde. Wie die alte Frau gewusst hatte, wie groß sie die Menge bestimmen sollte, das war für die junge Frau einfach unbegreiflich. Wie konnte jemand so lange vorausplanen? Ihre Planungen gingen höchstens über einen halben Mond, alles andere lag in der Hand der Götter. Einzig die Aussaat und die Ernte waren im Jahresablauf festgelegt, alles andere kam, wenn es kommen musste.

Um die Hütten der kleinen Gemeinschaft heulte nun der Wind und keiner wollte da nach draußen müssen. Nur wenn es absolut notwendig war, dann gingen die Menschen zum Holz machen oder zur Jagd in den Wald, der die kleine Siedlung umschloss. Als sie eines Abends am Feuer stand und gerade Holz nachlegte, öffnete sich die Tür und Aina stand in der Hütte. Draußen lag der Schnee sicher hüfthoch und im Wald an manchen Stellen noch viel höher. Wie die alte Frau da alleine den Weg bis zu dem Dorf geschafft hatte, war wieder eines der Dinge, welche die junge Frau einfach nur staunen ließen.

38

„Kindchen, es ist soweit!" sagte die Heilerin und hängte den Mantel an den Haken. „Diesmal irrst du dich." sagte Alfena, die noch gar nichts gespürt hatte, und umarmte die alte Frau, doch die schüttelte den Kopf und setzte sich zum Aufwärmen an das Feuer. Als Alfena neues Holz aus dem hinteren Teil der Hütte holen wollte, begann es in ihrem Rücken zu ziehen. Für einen Moment musste sie sich an der Hüttenwand abstützen, doch dann ging es wieder. Mit dem Holz kam sie nach vorn und sah die alte Frau wieder nicken. Ihr Mann betrat die Hütte und begrüßte Aina.

Alfena legte ein Scheit nach und setzte sich zu den anderen beiden an das Feuer, als ihr einfiel, dass sie ja die Freundin auch bewirten sollte. Sie begann „Wie unhöflich von mir. Möchtest du etwas essen, nach deinem langen Weg durch den Wald?" doch die Heilerin schüttelte nur den Kopf. Sie hielt ihre knochigen Hände nah an die wärmenden Flammen. Die junge Frau sah ihren Mann an und sagte zu ihm „Du musst aber etwas essen." dann stand sie von der Bank auf. In diesem Moment lief ihr etwas feucht am Bein herunter und bildete eine kleine Pfütze unter ihr. „Ich habe dir doch gesagt, dass es soweit ist." erklärte Aina und stand auf. Sie schob die junge Frau zu der Schlafstatt und rief dem Manne zu. „Ich brauche hier viel mehr Licht. Schüre das Feuer und bringe mir Lichter."

Schnell legte der Mann noch Holz nach, so dass das Feuer aufloderte und die Hütte hell erleuchtete, dann ging er zu seiner Mutter und kam mit ihr und vielen Talglichtern zurück, die sie rings um das Bett aufstellten, in das Aina die junge Frau schon gelegt hatte. Bisher war ja noch gar nichts passiert und Aina wischte die Frau trocken, als die erste Wehe einsetzte und es sich anfühlte, als würde es Alfena innerlich zerreißen.

Sie kannte dieses Gefühl und hatte gehofft, es nie wieder spüren zu müssen, doch mit jeder Wehe wurde es nur noch schlimmer. Schreiend krümmte sie sich vor Schmerzen. Während ihr Mann und dessen Mutter sie im Bett festhielten, drückte Aina gegen das Kind, um Alfena so die Schmerzen etwas zu lindern. In der Pause zwischen zwei Wehen reichte sie ihr einen Trunk gegen die Schmerzen und wischte ihr schnell mit einem feuchten Tuch das Blut von den Beinen. Weitere Qualen folgten. Alfena schrie und wand sich auf dem Lager und wäre sicher schon herunter gesprungen, wenn die beiden sie nicht mit aller Kraft dort darauf niedergedrückt hätten.

Immer noch folgte Wehe um Wehe und langsam verließ sie ihre Kraft. Die Schmerzen waren einfach unbeschreiblich. Immer schneller kamen die Schübe und plötzlich war es vorbei. Sie hörte das Kind schreien und fiel mit dem Kopf zurück auf das Fell. Der Schmerz war mehr einem Ziehen gewichen und während Gundrafs Mutter sich um das Kind kümmerte, nähte Aina die Wunden wieder mit Nadel und Faden zusammen. Im Vergleich zu den vorangegangenen Schmerzen, war das schon fast ein Streicheln auf der Haut. Völlig erschöpft schlief Alfena ein und Aina zog währenddessen die Nähte fest. Dann deckte sie die Frau zu und schaute nach dem Sohn.

Nach einer kurzen Weile der Erholung musste sie die Frau aber wieder wecken, da das Kind Hunger bekam. Alfena versuchte sich aufzusetzen, was ihr aber nicht richtig gelang. Gundraf musste ihr helfen und sie stützen. Nun waren die Schmerzen vollkommen verschwunden und das alte Taubheitsgefühl stellte sich wieder ein. Die Frau zeigte auf ihre Beine und sagte „Ich habe irgendwie kein Gefühl mehr da unten.". Während sie das Kind an die Brust legte, schaute Aina noch einmal nach den Wunden, dann sagte die Heilerin „Das ist normal. Ich musste dich wieder nähen. In zwei oder drei Tagen sollte dein Gefühl zurückkommen. Bis dahin werde ich dir helfen."

40

Und wieder hatte die alte Frau Recht behalten. Da Alfena sich ja nicht rühren konnte, blieb ihr nichts weiter übrig, als vom Bett aus zuzuschauen, was die Anderen um sie herum machten. Es war seltsam, mit welcher Schnelligkeit sich die alte Frau in der Hütte bewegte. Alfena hatte schon Menschen gesehen, die nur halb so alt waren wie Aina und sich kaum noch bewegen konnten, doch sie sauste regelrecht durch den Raum. Die alte Frau erfüllte alle Pflichten, die sonst der Hausfrau oblagen und sie kümmerte sich auch noch um das Kind.

Nachts schliefen sie, zu viert aneinander gepresst, unter dem großen Bärenfell und auch nachdem sich die junge Frau wieder bewegen und aus dem Bett aufstehen konnte, blieb Aina noch eine ganze Weile in der Dorfgemeinschaft. Sicherlich war es ihr einfach zu einsam in ihrer Hütte im Wald und auch andere Bewohner der Hütten hatten ihre Probleme, bei denen die Heilerin ihnen helfen konnte.

Erst jetzt im Winter, wenn alle zur Ruhe kamen, konnte man sich die Zeit nehmen, die kleinen Wehwehchen des ganzen Jahres zu Pflegen und auskurieren zu lassen.

8. Kapitel

Eine halbe Frau?

Mehr als einen Mond war Aina bei ihr geblieben, bevor die alte Frau sich entschloss, wieder in den Wald zurück zu gehen. Alles Bitten von Alfena half nichts, sie konnte die, ihr inzwischen zu einer guten Freundin gewordene, Frau nicht umstimmen. Als Aina ihren Mantel anzog und den Umhang mit der Fibel feststeckte, gab sie Alfena einen kleinen Beutel mit Kräutern.

Fragend schaute die junge Frau die Heilerin an und diese sagte „Immer wenn du mit deinem Mann zusammen warst, musst du ab jetzt ein Getränk daraus zu dir nehmen." Dann erläuterte sie die Zubereitung und zum Schluss erklärte sie „Das ist dafür, damit du nicht mehr schwanger werden kannst." „Warum das?" fragte Alfena und die Freundin antwortete ihr „Ich werde nicht mehr ewig bei dir sein und bei der nächsten Geburt würdest du sonst verbluten. Denke immer an deinen Trunk, du darfst ihn niemals vergessen! Versprich es mir!"

Alfena sah auf den Beutel und nickte „Ich verspreche es dir." sagte sie und Aina umarmte sie zum Abschied. Die junge Frau stand vor der Hüttentür und sah der Freundin noch eine Weile nach, wie sie im Wald verschwand, bis es ihr so kalt geworden war, so dass sie wieder in die Hütte zurückging. Sie legte den Beutel auf den Tisch und dachte darüber nach, was die Freundin ihr da gesagt hatte. So hatte sie es noch nicht gesehen. Ihr Sohn rief nach ihr und sie ging zu ihm hinüber. Während sie ihn stillte, dachte sie weiter darüber nach, dass dieses Kind damit ihr einziges bleiben würde. Für ihn würde sie nun alles tun und ihn beschützen, so gut es ging.

Doch nun kamen auch wieder ihre alten Zweifel nach oben. War sie denn nun wirklich eine vollwertige Frau? Von ihr wurde doch erwartet, dass sie ihrem Mann Kinder schenken konnte. Je mehr, desto besser! Und nun würde ihr Sohn ein Einzelkind bleiben. Oder sie würde bei der nächsten Geburt sterben! Was davon war schlimmer? Beides! Sie konnte ihrem Mann ein zweites Kind schenken und danach sterben, oder dieses hier behüten! Aber dann würde es das einzige von Gundraf bleiben. Sorgenvoll sah sie in das Gesicht ihres Sohnes, der schmatzend an ihre Brust lag.

Wieder stiegen die Tränen der Wut in ihr hoch und sie verfluchte den Mann, der ihr dieses Schicksal zugedacht hatte. Als Gundraf am Abend des Tages von der Jagd nach Hause kam, und seine starke Frau in Tränen aufgelöst vorfand, befragte er sie nach der Ursache des Kummers. Schluchzend erzählte sie ihm die Vorhersage Ainas, die ja immer eintrafen. So gut kannte sie die Heilerin mittlerweile schon.

Ihr Mann hatte aber auch dafür vollstes Verständnis und riet ihr, den guten Rat der Freundin anzunehmen und den Trank immer gewissenhaft zu sich zu nehmen. Er und ihr Sohn brauchten sie und sie sah ihn dankbar an. Nicht jeder Mann hätte dafür Verständnis gehabt, mit einer halben Frau vermählt zu sein. Trotzdem zog sie sich mit ihrem Kummer in ihre Hütte zurück. Für die Zeit des Winters mochte das noch gehen, aber bald würde der Frühling einsetzen und da musste sie ihre Aufgaben für die Gemeinschaft übernehmen. Sie würde sich den neuen Ängsten stellen müssen. Doch konnte sie damit die Gemeinschaft der Frauen anführen? Wo sie doch selbst nur eine halbe war?

Die Zeit der Schneeschmelze kam auch schneller, als sie es erwartet hatte und nun war sie gezwungen, wieder unter die Bewohner des

Dorfes zu gehen. Doch von allen wurde sie nur für ihre Haltung und ihren Mut bewundert, kein böses Wort kam an ihre Ohren. Mit einem gestärkten Selbstbewusstsein trug sie ihren Sohn im Tuch vor der Brust und half, wo immer sie helfen konnte. Wenn es irgendetwas gab, was sie nicht alleine lösen konnte, so konnte sie sich immer auf Aina verlassen.

Zusammen mit Bertana, der Mutter von Gundraf, führte sie weiterhin die Frauen der Gemeinschaft an. Zur Aussaat gingen sie alle gemeinsam auf das Feld. Ihren Sohn hatte sie auch weiterhin in das Tuch gewickelt bei sich. So konnte sie ihn kurz auf dem Feld füttern, wenn das notwendig war, und danach sofort weiter arbeiten. So errang sie sich immer mehr das Ansehen der anderen Frauen. Trotz ihrer eher schmalen Statur konnte sie kräftig zufassen.

Von Sonnenaufgang bis Sonnenuntergang war sie auf den Beinen. Frühs und abends kümmerte sie sich um die Tiere und dazwischen war Arbeit auf dem Feld und im Haus. Da machte sie nichts anderes wie ihre Mutter früher und die vielen anderen Frauen. Aber sie versucht besonders hart zu arbeiten, um den Makel ihrer körperlichen Gebrechen irgendwie von sich zu waschen. An manchen Tagen musste sie ihr Mann sogar aufhalten, damit sie für ein paar Augenblicke zur Ruhe kommen konnte. Er und das Kind brauchten sie ja noch.

Eines Tages gingen die Männer wieder mal auf die Jagd, so wie sie es mehrmals im Laufe eines Mondes taten, um die Vorräte wieder aufzufüllen und vor allem, um Felle für die Abgaben an die Römer aufzutreiben. Schon lange hatten sie gemerkt, dass die fremden Männer mehr an den Pelzen der Bären und Wölfen, sowie an den blonden Haaren der Frauen interessiert waren, als an dem kleinen Teil Getreide, das ihre kümmerlichen Felder aufbrachten. Bei dieser Jagd nun trug es sich aber zu, das Gundrafs Vater beim Kampf mit einem Bä-

44

ren so schwere Verletzungen davon trug, dass auch die schnell hinzugerufene Aina ihm nicht mehr helfen konnte.

Noch bevor die Sonne an diesem Tag untergegangen war, hatte der Vater für immer seine Augen geschlossen. Damit begann der nächste Tag aber auch für die Gemeinschaft mit einem neuen Stammesführer. Gundraf nahm diese Position ein und die erste Handlung war es, dem Vater einen würdigen Übergang in das Reich der Ahnen zu bereiten. Die Männer gingen in die umliegenden Dörfer und aus jeder Siedlung erschien schon am nächsten Tag eine Abordnung, um dem Toten diese letzte Ehre zu erweisen.

Zusammen mit Gundraf übernahm auch Alfena die Führung der Gemeinschaft. Bertana würde weiter als ihre Beraterin an ihrer Seite stehen, und da sich die beiden Frauen gut verstanden, gab es da auch keinen Streit zwischen den Beiden. An diesem Tag traf Alfena auch ihren Vater wieder. Er erzählte ihr, dass er sich eine neue Frau genommen hatte und diese noch in diesem Jahr ihr Kind bekommen würde. Alfena freute sich für ihren Vater und versprach ihm, der Frau bei der Geburt zu helfen.

Am Abend versammelte sich die Gemeinschaft auf dem Platz in der Mitte, wo den ganzen Tag über von den Frauen ein Stapel Holz aufgeschichtet worden war. Die Leiche von Gundrafs Vater wurde oben drauf gelegt und Gundraf entzündete das Feuer. Während der Stapel Holz niederbrannte, erzählten alle Anwesenden nacheinander Geschichten aus dem Leben des Mannes, über seine Heldentaten und darüber, dass sie stolz waren, ihn gekannt zu haben.

9. Kapitel

Die neue Aufgabe

Den ganzen Sommer war sie wieder bei Aina im Wald gewesen. Ihren Sohn hatte sie dorthin mitgenommen. Die Heilerin hatte ihr in den drei Monden alles das beigebracht, was Alfena noch nicht wusste. Oft hatte sie Gundraf besucht, oder sie war kurz im Dorf gewesen. Dadurch war die Frau aber auch in diesem Sommer wieder nicht zur Ausübung ihrer Rache gekommen. War das die Absicht von Aina gewesen? Oder hatten das die Götter so gewollt? Alfena wusste es nicht und sie wollte auch nicht darüber nachdenken. Zuerst war ihr Sohn wichtiger. Der Moment der Rache würde kommen, wenn die Götter es wollten! Der Dolch jedenfalls war immer geschärft an ihrer Seite.

In der Zeit ihrer Abwesenheit vertrat Bertana sie bei allen offiziellen Anlässen. Die beiden Frauen hatten sich damit gut arrangieren können und Bertana hatte ja immer noch ihren guten Stand bei den Bewohnern der kleinen Siedlung. Alfena war nun so etwas wie ihre Tochter und der half sie gern. Bei ihren Besuchen im Dorf redeten die beiden Frauen viel und oft. Manchmal die ganze Nacht, während das Feuer in der Hütte brannte. Sie merkte erst jetzt, wie viel sie noch von der älteren Frau lernen konnte und musste.

An beiden Seiten hatte sie zu lernen. Im Wald von Aina und in der Siedlung von Bertana. An manchen Tagen fragte sie sich, wie sie sich das alles merken sollte, doch die beiden älteren Frauen hatten es sich ja auch nur von ihren Vorgängerinnen abgeschaut, so wie sie jetzt von ihnen.

46

Die Ernte war wieder einmal sehr gut gewesen, so war die Abgabe ohne Problem aufzubringen und doch fragte sich Alfena, warum sie überhaupt das Getreide mit den fremden Menschen teilen sollten. Auch die Gewalt, die ihr angetan worden war, bestärkte sie in dieser Haltung, dazu kam noch ihr Sinn für Gerechtigkeit. Sie konnte es einfach nicht einsehen, dass sie hart für jedes Korn arbeiteten und die Fremden ihnen danach einfach alles wegnehmen konnten. Wofür eigentlich? Schutz? Wohl eher nicht! Den hätten sie vor den Römern bedurft. Warum ließen die Götter also diese Schmach zu? Immer wenn sie ihre Narben sah, stieg der Zorn in ihr hoch und wenn sie in dem Wald von Frauen aus anderen Dörfern von der Gewalt der fremden Männer erfuhr, dann schloss sich ihre Hand um den Griff des Dolches.

Das musste ein Ende haben!

Doch würde sie als Frau, und alleine, etwas daran ändern können? Manchmal schaute sie Aina an und dachte sich, wie viel diese Frau schon bewirkt hatte in ihren hundert Sommern und wie viel Wissen in dieser kleinen Gestalt mit den weißen Haaren steckte. Würde sie es schaffen, Aina nachzufolgen? Konnte sie das überhaupt? Und war das überhaupt Ainas Absicht? All das Wissen, was die Freundin ihr jeden Tag im Wald vermittelte, sprach dafür. Aber noch hatte Aina mit keiner Silbe etwas von dem erwähnt, was Alfena in den nächsten Jahren machen sollte. Würde sie weiterhin die Führerin der kleinen Dorfgemeinschaft sein? Oder hatten die Götter etwas anderes mit ihr vor?

Als die Abgaben abgeholt worden waren, verabschiedete sie sich von Aina und lief in ihr Dorf zurück. Auf dem Weg dorthin kam sie durch zwei andere Siedlungen und erfuhr dort, wie die Legionäre dieses Jahr wieder gewütet hatten. In dem einen Dorf hatten sie alle Kinder zwischen zwölf und sechzehn verschleppt und in dem Anderen den Dorfältesten und dessen Frau an einen Baum gefesselt und geschlagen, obwohl die Abgaben korrekt übergeben worden waren. Den Legionären hatte es vermutlich einfach nur Spaß gemacht, die beiden alten Menschen zu Quälen.

In ihrem Dorf, welches das größte der drei war, war es zum Glück zu nicht solch großen Gewalttaten gekommen. Die Legionäre hatten zwei Frauen geschlagen, weil diese ihnen nicht schnell genug ihren Schmuck übergeben hatten. Alfena überlegte: je größer die Siedlung gewesen war, umso geringer war die Gewalt der Legionäre gewesen! Vielleicht war das ihre Chance, den fremden Plünderern zu trotzen. Ein Zusammenschluss! Doch wie sollte sie es schaffen, die Menschen davon zu überzeugen, dass nur eine Vereinigung aller freien Stämme helfen konnte, die Eindringlinge endgültig zu vertreiben?

Manchmal verstanden sich schon die Bewohner zweier benachbarter Siedlungen nicht und zwischen verschiedenen Stämmen gab es auch noch die Blutrache. Niemals würden diese Männer Seite an Seite in einen Kampf ziehen. Lieber würden sie sich vorher selbst zerfleischen. Vermutlich wussten das die Römer und lachten sie dafür aus. Aber wenn Alfena die Männer nicht überzeugen konnte, vielleicht konnte sie die Frauen für diese Idee begeistern und diese konnten ja dann, sozusagen mit den Waffen der Frauen, dafür sorgen, dass die Männer ein Einsehen haben würden.

Alfena fand diese Idee großartig und auch Bertana stimmte ihr zu.

Als der Herbst über den Wald zog und die Blätter in den Bäumen bunt färbte, kam Aina in das Dorf und stellte sich auf den Platz vor den Hütten. Mit ihrem Stab in der Hand schaute sie zum Himmel hinauf, wo einige Raben über ihr kreisten. Alfena ging auf sie zu und wollte die Freundin begrüßen, doch Aina sagte „Kindchen, jetzt ist es

48

soweit!" die junge Frau verstand nicht und fragte nach, wofür jetzt die Zeit gekommen war. Aina zeigte nach oben und sagte „Die Ahnen haben mich gerufen. Nun ist es deine Aufgabe, den Menschen und Tieren zu helfen." Das war die Erklärung für all die Fragen, die sich Alfena im Sommer in der Hütte im Wald gestellt hatte. „Aber du musst mir noch so viel beibringen!" bat sie die alte Freundin, die in den letzten Monden noch klappriger geworden war. Doch Aina wischte den Einwand mit einer Handbewegung dahin.

Die alte Frau legte ihre Hand auf die Stirn von Alfena und sagte weiter „Frage die Ahnen, frage die Tiere, frage die Bäume und frage dich selbst. Alles was du wissen musst, das ist schon lange in dir." Dann hob Aina ihren Stab mit beiden Händen vor sich hoch und drückte ihn Alfena in die Hände. Als die alte Frau den Stab losließ fiel sie einfach in sich zusammen. Alfena hob den Stab zum Himmel und bedankte sich für diese Ehre. Sie kniete sich zu der toten Freundin auf den Boden und ließ ihre Tränen loslaufen. Danach erhob sie sich und begann alles für den Abschied von Aina vorzubereiten. Diesmal gingen die Frauen in die umliegenden Siedlungen und holten all die zusammen, denen Aina geholfen hatte.

Der Abschied von der alten Frau wurde ähnlich gefeiert, wie der von Gundrafs Vater. Nun hatte Alfena eine weitere neue Aufgabe übernommen. In nur einem Jahr war sie die Heilerin der Dörfer und die Anführerin ihrer eigenen Gemeinschaft geworden. Vielleicht war das ja ein Teil ihrer Idee, die Frauen dazu zu bringen, auf die Männer Einfluss zu nehmen. Bestimmt hatten die Götter ihr diesen Weg geebnet. Als Heilerin konnte sie in alle Dörfer gehen, auch in die, in welche sie als Anführerin ihrer Gemeinschaft nicht gehen konnte. Und mit Bertana hatte sie immer jemanden hinter sich, dem sie vertrauen konnte und der sie auch hier vertreten würde.

Nachdem das Feuer niedergebrannt war, rammte Alfena den Stab der alten Frau in den Boden, kniete sich davor und dankte den Ahnen für diese Aufgabe, die sie nun übernommen hatte. Ihr war es so, als höre sie die Stimme der Freundin in sich, die ihr Mut machte, diesen Weg zu gehen.

Anschließend stand sie wieder auf und ergriff den Stab. Sie beschloss, nicht in die Hütte im Wald zu gehen, sondern von hier aus zu wirken. Und sie schwor sich auch, den römischen Soldaten niemals mehr aus dem Weg zu gehen. Der Dolch hatte schon viel zu lange auf sein Blutopfer gewartet! Es wurde Zeit für ihre Rache!

10. Kapitel

Der Ruf der Wölfe

Seit mittlerweile drei Sommern führte Alfena nun schon das Leben einer Heilerin. Sie hatte noch viel zu lernen, aber vieles kam ihr einfach so in den Sinn. Nach ersten Zweifeln hatte sie angefangen, sich selbst zu vertrauen und bei der Heilung gab es kein Richtig oder Falsch, sondern nur ein „Es nutzt" oder „Es nutzt nichts". Manchmal brauchte sie die Kranken nur zu berühren und wusste, was sie machen sollte. Es war, als ob Aina immer noch hinter ihr stand und sagte „Kindchen, nicht das Kraut! Nimm das Andere!" Sie vermisste die Freundin, die ihr in der Zeit im Wald, eigentlich waren es ja nur drei Sommer gewesen, so sehr an ihr Herz gewachsen war.

In den letzten Sommern hatte sie sich auch nicht mehr vor den Legionären im Wald versteckt. Was konnten die Männer ihr schon noch antun, was sie nicht schon mit ihr gemacht hatten. Den fremden Offizier hatte sie dabei aber nicht mehr getroffen. Vermutlich sorgten die Ahnen dafür, dass sich die Beiden solange aus dem Weg gingen, bis die Zeit für die Rache gekommen war und dabei nicht noch Unschuldige ihr Leben verlieren würden. Denn die Römer brannten jedes Dorf nieder, das Widerstand leistete. Hunderte von Menschen hatten sie in der letzten Zeit getötet und genauso viele in die Sklaverei verschleppt.

Auf ihren Wegen durch den Wald schmerzte sie aber am meisten, dass sie ihren Sohn Bertram nicht mitnehmen konnte. Früher hatte sie ihn einfach in das Tuch gewickelt und getragen, aber nun war er ja schon drei Sommer alt und wollte nicht mehr auf dem Rücken der Mutter durch den Wald getragen werden. Sie hatte ihn schweren Herzens bei Bertana zurücklassen müssen und freute sich aber immer schon auf das Wiedersehen, das meist nach zwei oder drei Tagen stattfand.

Bei dieser Wanderung durch den Wald, war sie immer alleine, doch sie hatte keine Angst. Sie hatte ja den Dolch dabei und was sollte ihr schon geschehen! Die Ahnen wachten ja über sie, so wie es Aina ihr damals im Wald, in der kleinen Hütte, erzählt hatte. Dort war damals die alte Alfena gestorben und eine Neue war wiedergeboren worden. An jenem furchtbaren Tag im Dorf hatte ihr altes Leben geendet.

Damals hatte sie noch nicht mal im Traum daran gedacht, alleine durch die Wälder zu streifen, sowie den Frauen zu helfen. Nun war das für sie das Normalste überhaupt. Bisher war sie mit den Tieren des Waldes noch nicht so eng in Kontakt gekommen, obwohl sie doch fast täglich durch den Wald streifte. Offensichtlich gingen die Waldbewohner ihr aus dem Weg. Bei der Erinnerung an die Wölfe, die damals den Pfad zu Aina versperrt hatten, stellten sich noch immer ihre Haare auf. Manchmal hatte sie zwar das Rufen dieser Tiere gehört, aber meist war es weit von ihr entfernt gewesen.

Nun war sie auf dem Weg zu einem Dorf, welches sich weitab ihrer sonstigen Wege befand. Dorthin würde sie sicher mehr wie vier Tage zu Fuß unterwegs sein. In der ersten Nacht schlief sie, abseits des Weges, in ihren Mantel eingewickelt, an einen Baum gelehnt ein. Sie hatte es sich zur Angewohnheit werden lassen, immer kleine, versteckte Lichtungen dafür auszusuchen und auch diesmal hatte sie eine solche gefunden. Wie immer hatte sie natürlich auch kein Feuer entzündet. Es war ja Sommer und sie wollte niemanden auf sich aufmerksam machen.

Ein Geräusch weckte sie aus dem Schlaf und als sie sich aufsetzte, sah sie im Schein des Vollmondes eine Bewegung, keine zehn Schritte von ihr entfernt, im Unterholz. Sie fasste den Stab fester und versuchte zu erkennen, wer da durch den Wald schlich, doch sie sah nur die Bewegung der Zweige in einem Busch. Mit einem Male, praktisch ohne Vorwarnung, war Alfena von etwa zwanzig Wölfen umzingelt. Seite an Seite standen die Geschöpfe im Halbkreis direkt vor und neben ihr. Sie hätte die Tiere mit der Hand berühren können, wenn sie den Arm ausgestreckt hätte.

Die Frau hielt den Atem an und schaute den direkt vor ihr stehenden Wolf in die Augen, in denen sich das Mondlicht spiegelte. Sie sah sich auch selbst darin. In diesem Moment sah sie plötzlich nicht nur ihr Spiegelbild in den Augen, sie sah sich selbst durch die Augen des Wolfes dort sitzen. Das Tier kam ihr ein kleines Stück weiter entgegen und sie legte ihre Hand zwischen die Ohren des Tieres. Es durchzuckte sie und plötzlich konnte sie die Gedanken des Wolfes hören, oder zumindest fühlte sie in sich, was das Tier gerade dachte.

Er war neugierig auf die Frau, die so alleine im Wald saß und irgendwie kamen sie so, über ihre und seine Gedanken, in ein Gespräch. Die Wölfe waren genauso frei im Wald, wie sie es sein wollte. Sie dienten keinem Herrn und leisteten keine Abgaben. So wie die Wölfe gekommen waren, so verschwanden sie auch wieder. Der eine, der direkt vor ihr stand, nickte und sie nahm die Hand von seinem Kopf. Er drehte sich um und ging langsam zu dem Gebüsch zurück. Bevor es aber erreichte, schaute er sich noch einmal zu der Frau um und verschwand dann mit einem Sprung im Wald.

Diese Kreaturen waren ihr bestimmt von den Ahnen gesandt worden und nun hörte sie von fern die Wölfe heulen. Konnten die wirklich in so kurzer Zeit schon so weit gekommen sein? Oder war es eine andere Gruppe, die sich mit diesen verständigte? Alfena rollte sich wieder in ihren Mantel ein und versuchte einzuschlafen, doch der Wolf war immer noch in ihrem Kopf. Sie bedankte sich bei ihm für die Lektion, dass alle lebenden Wesen miteinander verbunden waren. Dann schlief sie endlich ein.

Als sie am nächsten Morgen erwachte, dachte sie, dass es vielleicht nur ein Traum gewesen war, aber direkt neben ihr lag ein Stück graues Fell. Einer der Wölfe hatte es verloren oder dort hingelegt, damit sie es sehen konnte. Von nun an ging sie mit anderen Augen durch den Wald. Wieder hatte sie etwas dazu gelernt, was ihr Aina nicht beigebracht hatte. Aber hatte die Freundin nicht gesagt „Rede mit den Tieren?" oder so ähnlich? Das hatte sie nun gemacht und die Wölfe wurden in ihren Gedanken zu ihren Begleitern. Für Alfena unsichtbar, streiften die Tiere durch den Wald. Nur manchmal hörte sie das Rufen und verstand sie nun.

11. Kapitel

Heilen oder Sehen?

Und wieder waren zwei Sommer in das Land gegangen, in denen Alfena als Heilerin unterwegs gewesen war. Mittlerweile hatte sie damit so viel zu tun, dass sie kaum noch in ihrer Gemeinschaft war. Damit litt aber ihr Sohn immer mehr unter der Abwesenheit der Mutter. Auf ihren vielen Wegen hatte sie sich immer mehr Wissen angeeignet und die Wölfe waren auch ihre ständigen Begleiter im Wald geworden.

Manchmal war es fast so, als ob eine ganze Delegation von Tieren ihr folgte. Raben, Eichhörnchen und natürlich die Wölfe zogen mit ihr durch den Wald. Immer enger wurde ihre Verbindung zu den Tieren und auch zu den Ahnen sowie deren Geistern. So wie es ihr einst Aina erklärt hatte, und sie es damals nicht verstanden hatte, so wusste sie nun instinktiv, was zu tun sei.

In einigen Dörfern wurde sie nun, wenn sie einmal dort war, auch nach Dingen gefragt, die nichts mit dem Heilen zu tun hatten. Einst hatte sie bei ihrer Freundin gesehen, wie diese aus Knochen Ratschläge holte und nun versuchte sie dies ebenfalls. Aber eigentlich kam der Ratschlag aus ihrem Innersten und nicht aus den Knochen. Sie wusste einfach die Antwort auf die Frage. Sie sah die Antwort vor sich.

Wann immer sie jedoch eine Frage zu den Römern gestellt bekam, so versagten die Antworten. Irgendwie sollte sie zu diesen keine Fragen gestellt bekommen oder es würde vielleicht ihrer Rache im Weg stehen. Irgendeinen Grund musste es doch haben. Oder? Immer mehr traten ihre seherischen Fähigkeiten in den Vordergrund. In die-

55

ser Zeit der Not war es gut, zu wissen, was sein konnte und was passieren sollte.

Irgendwann wurde sie einfach vor die Wahl gestellt, weiter als Heilerin durch die Wälder zu ziehen, fernab ihres Sohnes, oder als Seherin in ihrem Dorf zu bleiben und dort die Menschen zu empfangen. Sie strich ihrem Kind über den Kopf und kannte doch schon lange die Antwort auf diese Frage. Von nun an würde sie bei ihm bleiben und die Menschen in ihrer Hütte begrüßen. So hatte sie auch ihr Kind immer im Blick, schließlich war er nun fünf Sommer alt und versuchte immer mal wieder, den Augen seiner Mutter zu entkommen. Allerdings war das ja praktisch unmöglich, was er aber noch nicht wissen konnte.

Fast jeden Tag trafen ab da Frauen aus den umliegenden Dörfern bei ihr ein. Daher musste sie sich auch weiterhin mit Bertana einig werden, da diese einen Teil ihrer Tätigkeiten übernehmen musste, aber das hatte sie ja auch schon in der Zeit gemacht, in der Alfena als Heilerin von Dorf zu Dorf gezogen war. Nur so richtig wohl war ihr eben dabei nicht, dass die ältere Frau sich um ihren Haushalt und die Kuh sowie die Schweine kümmerte, während sie auf dem Hocker oder der Bank saß und die Knochen auf den Tisch warf.

Die Fragen zu den Römern wurden bei ihr immer drängender und gerade zu diesen Fragen konnte sie keine Antworten empfangen. Hatte sie sich nun richtig entschieden? Sollte sie nicht doch lieber wieder mit dem Heilen und Helfen beginnen? Hin- und hergerissen zwischen Sehen und Heilen wusste sie schon bald nicht mehr, was sie tun sollte. Und sich selbst konnte sie ja auch schlecht fragen. Was tun?

Schließlich hatte sie entschieden, sich in Ainas Hütte in den Wald zurückzuziehen und zu überlegen. Sie verabschiedete sich und brach

56

schnell auf. Der Weg durch das Gehölz war ihr immer noch wohlbekannt. Aber die Hütte war schon in sich zusammen gefallen. Daher setzte sich Alfena vor der Hütte auf einen Stein und begann mit den übrig gebliebenen Holzresten ein kleines Feuer zu entzünden, in dessen Feuerschein sie auf eine Antwort hoffte.

Sie hatte schon ewig in die zuckenden Flammen gesehen, als ihr Aina erschien und sich zu ihr setzte, oder zumindest der Geist der Freundin.

In einer Zwiesprache zwischen Mensch und Geist versuchte Alfena ihren Weg zu finden. Aina wies sie aber darauf hin, das Alfena schon lange den Weg gefunden hatte. Die Freundin erinnerte sie an die Idee, die nun schon fast fünf Sommer in ihr geschlummert hatte. Sie sollte wieder anfangen, die Frauen dazu zu bewegen, dass diese auf ihre Männer einwirken sollten, gemeinsam gegen die Legionäre vorzugehen und nicht mehr den Krieg zwischen Brüdern zu unterstützen.

Unmittelbar darauf erlosch das Feuer und Alfena saß alleine im Wald. Die Dunkelheit legte sich wie ein Mantel um sie herum. Schließlich fiel sie erschöpft um und schlief auf der Stelle ein. Im Traum wurde ihr klar, dass sie ihre Idee nur verwirklichen konnte, wenn sie als Seherin die Frauen von der Idee des gemeinsamen Kampfes überzeugen konnte. Aber konnte sie deshalb nichts von den Römern sehen? Oder war das ein Teil der Rache?

In diesem Traum sah sie auch den Offizier wieder und wusste, dass sie ihn irgendwann wieder treffen würde. Sicher war es nicht mehr lange hin, denn die Erntezeit war gerade im vollen Gange. Vielleicht traf sie ihn schon in diesem Jahr wieder. Ihr Dolch, oder besser der Dolch der Mutter, wartete schon viel zu lange darauf, das Blut des Mannes zu vergießen.

Als sie erwachte, dachte sie daran, dass ja dann vielleicht auch ihr Sohn durch diese Rache betroffen sein könnte. Schnell machte sie sich wieder auf den Heimweg und traf unterwegs die Wölfe wieder. Sie bat die Tiere um den Schutz für ihr Dorf sowie ihre Familie und ihr schien es, als ob einer der Wölfe ihr zunickte. Etwas beruhigter ging sie weiter und erreichte das Dorf noch bevor die Sonne ihren höchsten Stand erreicht hatte. Sie wunderte sich, dass sie so schnell gewesen war und dabei fiel ihr wieder ein, wie Aina damals durch ihre Hütte geeilt war.

Anscheinend hatte Alfena einen neuen Schritt gemacht und einen neuen Stand erreicht. Unmerklich hatte sie in der Nacht eine Energie erhalten, von der sie wiederum nie zu träumen gehofft hatte. Im Dorf angekommen bedankte sie sich bei Aina und strich ihrem Sohn über den Kopf. Vor der Hütte warteten schon ein paar Frauen auf ihren Rat und fast sofort legte sie los. Die Idee hatte sie nun wieder im Kopf und würde sie nie wieder vergessen.

12. Kapitel

Der Überfall

Es war das Jahr Sieben nach der neuen Zeitrechnung, aber das wusste noch niemand auf der Welt. Auch für Alfena war es das siebente Jahr. Doch irgendwie hatte bei ihr diese Zeit mit dem grausamen Ereignis, mit Schmerzen und dem Verlust der Mutter damals begonnen. Ihr Sohn war nun sechs Jahre alt und sauste mit den anderen Kindern durch das Dorf. Sie hatte sich zwar geschworen, auf ihn aufzupassen, aber das war gar nicht so einfach. Selbst eine Seherin wie sie kam da an ihre Grenzen.

Über all die Jahre hinweg hatte sie sich immer wieder gefragt, warum die Mutter damals so lange und laut geschrien hatte, bis es ihr bei einem Blick auf ihr Kind eingefallen war. Sie hatte Alfena beschützen wollen. Durch ihr Schreien hatten sich viel mehr Männer für die Frau interessiert, als für das junge Mädchen, dass sie damals gewesen war. Die Mutter hatte sich für sie geopfert. Nach dieser Erkenntnis sah sie die Mutter mit ganz anderen Augen. Hatte sie sich zuvor noch dafür geschämt, dass sie Beide so geschrien hatten, so war sie nun Stolz auf den Opfermut der Frau.

Alleine hätte die Mutter diese Tortur sicher ohne einen Laut über sich ergehen lassen, sie war eine starke und stolze Frau gewesen, doch dann hätte Alfena nicht nur etwa zwanzig, sondern sicher alle fünfzig Männer bei sich gehabt und das hätte sie wohl kaum überstanden. Schon die anderen hatte sie ja nur mit Mühe und Ainas Hilfe überlebt. Sie schwor sich, eine genauso starke und stolze Frau zu sein, wie es ihre Mutter einst gewesen war.

Wieder ging es auf den Sommer zu und die Bewohner des Dorfes standen alle zusammen von früh bis spät auf den Feldern. Das Getreide musste abgeerntet und unter das Dach des Speichers gebracht werden. Auch die Kinder mussten da mit anpacken. Niemand konnte für sich eine Sonderbehandlung erwarten. Selbst die hochschwangere Frau aus dem Nachbarhaus stand auf dem Feld. Sie hatte sich eine Arbeit gesucht, bei der man sich nicht so oft bücken musste, aber sie half mit. Es war die beste Ernte seit Jahren, da das Wetter in diesem Frühjahr optimal gewesen war.

Beim Einbringen der Ernte in den Speicher achtete Alfena sorgsam darauf, dass der Teil für die Abgaben gleich vorn gelagert wurde. So würden sie das Getreide schnell übergeben können und die Legionäre würden dann hoffentlich auch schnell weiter ziehen. So hatte sie es zumindest all die Jahre bisher gemacht und war gut damit ausgekommen. Zudem war ihr Dorf auch noch eines der größten in der Gegend und mit etwa dreißig wehrhaften Männern nicht so leicht einzuschüchtern. Da mussten die Feinde schon mit einer starken Übermacht kommen, um ihre Abgaben einzufordern. Meist kamen etwa fünfzig Legionäre, die ihren Wagen schnell beladen haben wollten.

Keiner der Soldaten hatte Lust auf einen Kampf und darauf hofften auch alle in der Gemeinschaft.

Es war ein sehr heißer Sommer geworden und nach der Ernte wollten sich die Bewohner der kleinen Siedlung von den Anstrengungen ausruhen. Nur mit dem Gedanken an die sicher bald folgende Ausplünderung ging das nicht. Es herrschte eine Stimmung der Angst, die schnell in Aggressionen umschlagen konnte. Schon kleine Unstimmigkeiten führten zum Streit zwischen den Bewohnern der

60

Hütten. Gundraf und Alfena hatten alle Hände voll zu tun, die Gemüter jedes Mal wieder zu beruhigen und beschwichtigend einzugreifen.

Mit der Gefahr für das Dorf über ihnen konnten die Menschen einfach nicht umgehen. Es war schlimmer, als eine Naturkatastrophe. Die war ja ein Wille der Götter. Aber diese Legionäre? War das eine Prüfung für ihren Willen, dem Druck standzuhalten? Oder einfach nur dazu da, dass sie sich alle gegen einen äußeren Feind vereinigen sollten, anstatt sich gegenseitig die Köpfe einzuschlagen? Trotz ihre Arbeit als Seherin gelang es ihr nicht, hinter diese Frage zu kommen. Die Götter hatten ihr ja jede Antwort zu den römischen Soldaten verwehr. Zumindest solange, bis sie ihre Rache ausgeübt haben würde. Vermutlich war das ein Teil des Handels mit den Göttern, den sie damals im Wald abgeschlossen hatte, als die Wölfe vor ihr standen und Aina ihr geholfen hatte.

Schließlich war es soweit. Die Kolonne der Legionäre zog in das Dorf und stellte sich auf den Platz zwischen den Hütten. Für einen Moment fragte sich Alfena, warum die Männer nicht begannen, als von der anderen Seite ein weiterer Trupp Legionäre in das Dorf kam. Nun waren es mehr wie hundert schwer bewaffnete Soldaten. Gundraf begrüßte die Offiziere, wie es seine Aufgabe als Dorfvorsteher war und war schon einen Augenblick später von zwei der Legionäre gepackt worden. Sie hielten ihn fest, während die Anderen die Bewohner auf dem Platz zusammen trieben und begannen die Hütten zu plündern.

All ihre wertvolle Habe und fast das ganze Getreide landeten auf den beiden Wagen, bis nichts mehr zu finden war, was sich zu stehlen lohnte. Aber die Offiziere waren damit offenbar immer noch nicht zufrieden. Selbst das Bärenfell, das die Schlafstatt von Alfena bedeckt hatte, lag nun auf einem der Wagen. Einer der beiden Offiziere verdächtigte Gundraf lautstark, einen Teil der Ernte vor ihnen versteckt zu haben, was dieser natürlich bestritt. Plötzlich durchzuckte Alfena die Erinnerung wieder. Genauso hatte es damals angefangen! Erstarrt sah sie zu den Männern. In ihrem Dorf war nichts mehr zu holen! Die ganze Ernte war ja im Speicher gewesen. Die Legionäre banden ihren Mann an einen Pfahl und versuchten mit Peitschenhieben das Versteck zu erfahren, dass es ja nicht gab.

Nicht ein Laut kam aus Gundrafs Mund, und das machte die Legionäre nur noch wütender. Alfena hatte nun ihren Sohn schützend vor ihren Bauch gezogen und die Arme vor ihm verschränkt. So hoffte sie ihn schützen zu können, doch sicher war es nur eine Frage der Zeit, bis sie den Platz ihres Mannes einnehmen musste. Die blutigen Striemen auf dem nackten Rücken von Gundraf bildeten ein bizarres Muster der Gewalt. Doch es war nicht Alfena, die als nächste an der Reihe war, sondern ein etwa sechzehn Jahre altes Mädchen, das versucht hatte, vor der Gewalt aus dem Dorf zu fliehen.

Schnell hatten zwei Legionäre sie wieder eingefangen, noch bevor sie den nahen und schützenden Waldrand erreicht hatte. An ihrem Zopf schleiften sie das schreiende Mädchen zurück zum Platz. Die Schreie holten die mühsam verdrängte Angst wieder nach vorn und Alfena versuchte das Zittern ihrer Arme zu unterbinden. Mit zu Fäusten geballten Händen hielt sie ihr Kind fest.

Die Legionäre zerrissen den Kittel des Mädchens und banden sie mit ausgestreckten Armen zwischen zwei Pfähle. Einer der Offiziere schnitt ihr den Zopf ab und warf ihn auf den Wagen. Die Bilder von damals sausten durch Alfenas Kopf.

62

13. Kapitel

Verfolgt!

urrend sauste die Peitsche durch die Luft und traf das Mädchen auf dem Rücken. Unterhalb der Schulterblätter zeichneten sich ein paar Striemen auf der Haut ab. Der kurze Schrei verstummte sofort und das Mädchen sackte bewusstlos zusammen. Nur ein Schlag hatte gereicht und einer der Legionäre kippte ihr sofort einen Eimer mit Wasser in ihr Gesicht. Mühsam richtete sich das Mädchen wieder auf. „Wo sind die Abgaben?" schrie einer der Offiziere die Bewohner des Dorfes an. Als keine Antwort erfolgte, gab er ein Zeichen mit der Hand und erneut traf die Peitsche das Mädchen.

Auf den erneuten Schrei hin schob Alfena ihren Sohn zur Seite und trat direkte vor den Offizier. „Ihr habt schon alles auf eurem Wagen!" sagte sie und der Zorn funkelte in ihren Augen. Der Offizier riss sein Schwert aus dem Gürtel und schlug es ihr mit dem Griff in ihr Gesicht. Ohne einen Laut wankte die Frau und stand kurz darauf wieder vor dem Mann. Die Lippe blutete und sie wich nicht zurück. „Ihr schuldet Rom noch eure Abgaben!" schrie der Offizier, doch Alfena sagte nur leise „Wir schulden euch gar nichts!" Ein neuer Hieb des Offiziers streckte sie nieder und alles wurde schwarz um sie herum.

Als sie wieder zu sich kam, sah sie Bertana, die sich mit Tränen in den Augen über sie gebeugt hatte. Es war Ruhe im Dorf und die Legionäre waren fort. Genauso wie Bertanas und ihr Zopf, wie sie an der Frau über sich und mit einem Griff in ihr Haar feststellte. Ächzend setzte sie sich auf und sah Gundraf und das Mädchen neben sich liegen. Die Rücken der Beiden waren blutig, aber sie lebten noch, wie sie schnell feststellte. Sie wischte sich das Blut von der aufgeplatzten Lippe und stand wieder auf. Schnell lief sie in ihre Hütte. Von dort holte sie eine Salbe, die sie erst vor kurzem selbst hergestellt hatte, und trug diese auf die Wunden der beiden vor ihr liegenden Menschen auf.

Dann sah sie sich um. Weiter war anscheinend niemand verletzt worden. Einige Frauen, fast alle im Dorf, hatten nun kurze Haare und die Zöpfe waren sicher wieder auf dem Weg in das ferne Rom. Alfena schaute sich weiter um und sah, das einer fehlte. Sie erschrak. „Wo ist mein Sohn?" fragte sie und Bertana antwortete weinend „Sie haben ihn mitgenommen!"

„Wie lange sind die schon weg?" fragte Alfena sonderbar ruhig und die andere Frau zeigte an einem Schatten die Zeitspanne an. Die Legionäre hatten schon einen großen Vorsprung und sie musste sich beeilen. Schnell holte sie ihren Dolch und den Mantel aus der Hütte. Dann gab sie der anderen Frau die Salbe. „In welche Richtung sind sie abgefahren?" fragte sie Bertana und die zeigte den Weg an, den die beiden Trupps gemeinsam genommen hatten. Alfena zog ihren Dolch und reckte ihn zum Himmel. „Ihr Götter steht mir bei!" rief sie, steckte ihn wieder weg und rannte los. Die schwer beladenen Wagen hatten sich mit ihren Rädern tief in den Waldboden gegraben.

Der Mantel flog hinter ihr her, sie hatte ihn nur als Umhang nach hinten gehängt. So konnte sie besser laufen und es war ja noch heller Tag. Es war warm und sie kam schnell ins Schwitzen, doch das störte sie nicht. Nur ihren Sohn wollte sie wiederhaben! Doch in dem Rock war Alfena nicht schnell genug. Die Frau hätte sich ein paar Hosen mitnehmen sollen, doch nun war es zu spät dafür. Sie raffte sich das Kleidungsstück vorn so weit hoch, wie es nur ging. So hatten sie die Beine frei zum Rennen. Zum Glück war die Spur mehr als deutlich zu sehen. Der Weg war nicht so breit. Links und rechts standen Bäume bis dicht an den Weg. Auch rennend konnte sie somit die Spur der

64

Legionäre nicht verfehlen. Noch hatte sie sich gar nicht ausgedacht, was sie machen wollte, wenn sie die Männer eingeholt hatte. Eine Frau mit einem Dolch, gegen hundert schwer bewaffnete Legionäre? Doch erst einmal musste sie die Männer überhaupt finden.

Immer tiefer sank die Sonne und immer weiter entfernte sich Alfena von der Gemeinschaft. Sie war etwas schneller wie die Männer, so würde sie den Vorsprung der Legionäre sicher aufholen können. Die Römer würden bestimmt in der Nacht in einem Lager bleiben. Schon die Dorfbewohner gingen nachts nicht in den Wald und die Feinde sicherlich gleich gar nicht. Dafür hatten die viel zu viel Angst. Was sollte sie tun, wenn sie das Lager gefunden hatte? Alfena hoffte, dass die Götter ihr die Antwort zum richtigen Zeitpunkt geben würden. Die Sonne stand nun so tief, dass sie der Frau direkt in das Gesicht schien und Alfena somit langsamer laufen musste, weil sie dadurch geblendet wurde. Die Schneise führte schnurgerade auf die Sonne zu.

An einigen Weggabelungen musste sie jetzt schon genau aufpassen. In der einsetzenden Dämmerung kniete sie auf dem Weg und legte ihre Finger in die Wagenspur. Hier im Wald war ihr alles vertraut und nun war sie den Soldaten gegenüber im Vorteil. Im Dunklen konnte sie ihren Gefühlen und Instinkten folgen. Der Wolf erwachte in ihr, als der Mond sich durch die Dämmerung schob. Sie wurde eine Kreatur der Dunkelheit und hätte sicher auch geheult, wenn es etwas genutzt hätte. Es war fast Vollmond und sie konnte im Mondlicht ausgezeichnet sehen.

Weit hinter sich hörte sie die Rufe der Tiere und orientierte sich daran. Einer der Wölfe rief nun auch vor ihr und sie stoppte ihren Lauf. Nicht weit entfernt sah sie etwas im Mondlicht aufblitzen. Sie hatte das Lager der Männer gefunden. Nun bog Alfena vom Weg ab in den Wald. Dort zog sie ihre Schuhe aus und bewegte sich barfuß durch das Gehölz. Die Gewandtheit eines Luchses mischte sich in ihr mit der Kraft des Wolfes. Augenblicklich war sie eins mit den Waldgeistern. Vorsichtig setzte sie ihre Füße auf und mit den Zehen schob sie jeden Zweig vor sich fort. Keinen Laut durfte sie machen und erreichte in vollkommener Stille den Rand der Lichtung. Sie kniete sich hin und beobachtete das Lager.

Ein paar Zelte und eine hölzerne Palisade sah sie. Jetzt suchte sie eine Schwachstelle in der Wand aus hüfthohen Holzpfählen. Das Lager war nicht sehr groß. Vermutlich waren es nur die beiden Trupps, die ihr Dorf überfallen hatten. Lange ruhte ihr Blick auf den im Mondlicht gut zu sehenden Helmen und Schilden der Soldaten, die innerhalb des Lagers Wache hielten und nach draußen schauten. Genau in der Mitte des Lagers war ein großes Feuer gemacht worden. Von dort hörte sie einige Männer erzählen. In der Nacht trug der Wind diese Laute sehr weit. Jetzt brauchte sie Geduld.

66

14. Kapitel

Erstes Blut

Alfena hatte ihre Sachen abgelegt und sich von Kopf bis Fuß mit Schlamm eingeschmiert. So konnte sie sich gut bewegen und würde im Mondlicht nicht auffallen. Selbst den Dolch hatte sie damit geschwärzt, so dass sich das Mondlicht nicht in der Klinge spiegeln konnte. Auf leisen Sohlen schlich sie zurück zum Waldrand und kniete sich dort hin. Der Mond bestrahlte das ganze Lager und machte jede ihrer Bewegungen auf der Lichtung unmöglich. Es waren nur etwa dreißig Schritte bis zu den Holzpfählen. Zu weit für einen Sprung im hellen Licht. Nun musste sie auf den richtigen Moment warten. Sie schlug die Lider nieder, so dass sich das Mondlicht auch nicht in ihren Augen spiegeln konnte. Nur durch die Wimpern hindurch nahm sie trotzdem jede Regung der Männer wahr. Sie erstarrte und verschmolz mit dem Wald.

Als sich eine große Wolke vor den Mond schob, verdunkelte sich die Lichtung und die Frau schlich gebückt los. Vor der Palisade wartete sie einen Moment, bevor sie sich über die Wand schwang. Mit katzenhaften Bewegungen, geduckt und jederzeit zum Sprung bereit, wie ein Luchs, glitt sie durch die Dunkelheit. Den Dolch immer in ihrer Hand. Sie hatte sich das Lager vom Waldrand aus gut eingeprägt. Es waren etwa zwanzig kleine Zelte und drei große in der Mitte beim Feuer. Alfena hatte abwarten müssen, bis alles Still gewesen war in dem Lager. Vermutlich würde ihr Sohn in der Mitte zu finden sein.

Noch war ihr Eindringen unbemerkt geblieben, aber vor ihr stand einer der Soldaten als Posten und an dem musste sie vorbei. Wie ein Schatten glitt sie von hinten an ihn heran und stieß ihren Dolch in die Seite des Halses. Woher sie wusste, dass sie dies so machen musste, war ihr im Moment egal. Sie handelte einfach instinktiv, ohne darüber nachzudenken. Noch nie hatte sie die Waffe gegen einen Menschen gerichtet, vermutlich führten jetzt die Götter ihre Hand. Nur ein gurgelnder Laut verließ den Mund des Mannes, nicht sehr laut zu hören und vermutlich nur von ihr. Einen Moment ließ sie die Hand mit dem Messer dort und spürte das Blut des Mannes über ihre Hand laufen. Langsam zog sie die Waffe heraus, der Mann sackte lautlos zusammen und Alfena fing ihn auf. Sie stellte ihn mit Schild und Speer so auf, dass es aussah, als ob er noch auf seinem Posten stand.

Mit den nächsten vier Posten verfuhr sie genauso, nun war der Weg in das Innere des Lagers für sie frei. Geduckt schlich sie zwischen den Zelten entlang. In welchem würde wohl ihr Sohn sein? Sicher in einem der drei großen Zelte in der Mitte. Aber die lagen direkt am Feuer und sie musste nun aufpassen, dass ihr Schatten sie nicht verraten würde.

Wenn sie einer der Männer sehen würde, so würde er sie sicher für einen Waldgeist halten. Nackt und schwarz mit funkelnden Augen und einem tödlichen Dolch in der Hand, der nun vom Blut der Opfer geschwärzt war.

Am Feuer saß noch ein Mann und wieder schlich sie sich an. Sie wartete einen Moment hinter ihm und erkannte den Offizier, der sie in der Siedlung geschlagen hatte. Ihre Hand krampfte sich um den Griff des Dolches und mit einer tödlichen Präzision stieß sie den Stahl in den Körper des Mannes. Nur ein kurzer Laut entfuhr ihm, doch die Frau erstarrte. Hatte jemand etwas bemerkt? Alles blieb ruhig. Sie ließ den Mann los und er rutschte in sich zusammen.

Welches Zelt war es nun?

68

Still hockte sie zwischen den drei Zelten und lauschte. Ein leises Wimmern war zu hören und sie erkannte daran ihren Sohn. Das Mittlere der drei Zelte war es und sie schlich zum Eingang. Vorsichtig zog sie die Plane zur Seite und schaute hinein. Es war leer bis auf ihren Sohn, der an Armen und Beinen gefesselt im hinteren Teil des Zeltes lag. Die Frau konnte ihn im Schein des Feuers erkennen und schlüpfte in das Zelt hinein. Alfena legte ihm die Hand auf den Mund, damit er nicht bei ihrem Anblick erschrocken aufschrie und lächelte ihn an. „Wir müssen los. Sei still!" flüsterte sie ihm in sein Ohr. Dann legte sie ihn sich gefesselt über die Schulter und verließ das Zelt wieder.

Wieviel Zeit würden sie haben, bis jemand den Tod der Soldaten und des Offiziers bemerken würde? Sicherlich nicht mehr lange! Sie hörte Stimmen am anderen Ende des Lagers und musste sich nun schneller bewegen. Sie rannte mit der Last des Kindes auf der Schulter durch das Lager und als hinter ihr immer mehr Lärm entstand, sprang sie über die Palisade und sauste zum Waldrand hinüber.

Erst im schützenden Wald legte sie ihren Sohn ab und befreite ihn von den Fesseln. Zum Verschnaufen lehnte sie sich kurz, im Sitzen, an einen Baum und der Junge sagte „Mama, du siehst aus wie ein Geist." „Das war auch meine Absicht." antwortete sie mit einem Lächeln und wischte sich mit der Hand den Schlamm, der nun mittlerweile getrocknet war, vom Gesicht. Sie schaute sich um, wo sie ihre Sachen abgelegt hatte. Die Frau hatte sich einen markanten Baum dazu ausgesucht und auch schon wieder, trotz der Dunkelheit, gefunden. Nach ein paar Augenblicken stand Alfena auf und nahm ihren Sohn bei der Hand.

Leise schlichen sie durch den Wald zu dem Baum. Eigentlich brauchten sie gar nicht leise zu sein, denn der Lärm aus dem Lager übertönte alles. Alfena vertraute darauf, dass die Männer nie im Leben nachts in den Wald gehen würden. Schon gleich gar nicht, da sie nicht wissen konnten, wie viele ihnen hier draußen in der Dunkelheit auflauern würden. Dass es nur eine Frau und ein Kind waren, würden sie bestimmt nicht glauben.

Die Frau hatte ihre Sachen gefunden, klemmte sie sich unter den Arm und ging mit dem Jungen an der Hand immer tiefer in den Wald. Im Schein des Mondlichtes sah sie vor sich eine Wasserfläche aufleuchten und trat an das Ufer. Dort drückte sie ihrem Sohn die Sachen in die Hand und setzte ihn an einen Baum, dann glitt sie in den kleinen Teich hinein und wusch sich den Schlamm und das Blut der Männer von ihrem Körper. Es dauerte eine ganze Weile, bis sie wieder am Ufer erschien und sich danach mit ihrem Mantel abtrocknete.

Alfena zog sich ihre Sachen wieder an, die ihr das Kind hinhielt und danach setzten sie sich zusammen an den Baum. Die Mutter legte ihren Arm um den Jungen und schlang dann den Mantel um sie Beide herum. Aneinander gelehnt schliefen sie schnell ein. Von dem Lager der Legionäre waren sie ja auch weit genug entfernt. Im Traum sah Alfena die Männer noch einmal alle vor sich, die sie in dieser Nacht getötet hatte. Der Dolch der Rache hatte das erste Blut eingefordert und würde nun bestimmt nicht mehr ruhen, bevor ihre Rache nicht vollzogen und abgeschlossen war.

Als sie die Morgensonne wieder weckte, wuschen sie sich in dem Teich und setzten dann ihren Weg durch den Wald zurück zum Dorf fort. Sie gingen der aufgehenden Sonne entgegen und würden erst später wieder auf den Weg zurückkehren.

15. Kapitel

Wieder in Sicherheit?

Als die Abenddämmerung einsetzte waren die Beiden wieder in ihrem Dorf angekommen. Sie hatten nicht den direkten Weg genommen, sondern waren ein paar Male in Bögen durch den Wald gelaufen, meist fernab der Waldpfade. Doch ihrer Spur würde sowieso keiner der Legionäre folgen können. Den ganzen Weg über hatte sich Alfena Gedanken darüber gemacht, welche Konsequenzen ihr instinktives Handeln wohl für die Gemeinschaft haben würde. Sie hatte immerhin sechs Legionäre getötet, davon war einer sogar ein Centurio gewesen. Wenn die Legionäre aus dem Verschwinden des Jungen und den toten Männern eine Verbindung ziehen würden, so hätte das für alle im Dorf sicherlich weitreichende Folgen.

Zwar waren die Bewohner aller Siedlungen nicht gut auf die Römer zu sprechen, doch der zeitliche Zusammenhang zwischen dem Überfall auf das Dorf und der Tat in der Nacht konnte gefährlich werden. Noch dazu, wo Alfena die Handlungen der römischen Soldaten nicht vorhersagen konnte. Noch immer lag der Nebel der nicht erfolgten Rache wie ein Schleier über ihrer seherischen Fähigkeit, die Römer betreffend. Waren sie nun in der Gemeinschaft für den Rest des Sommers in Sicherheit, oder setzten sie sich nur wieder der Gefahr aus?

All diese Ängste versuchte sie von ihrem Sohn zu verbergen, aber diesem fiel natürlich die Nachdenklichkeit der Mutter auf. Der Junge hatte zwar die Toten nicht gesehen, aber sicher konnte er sich denken, dass man nicht einfach so in ein schwer bewachtes Legionärslager hinein spazierte und mit einem Kind auf dem Rücken wieder hinausging. Hatten ihre Instinkte und die Gedanken des Wolfes sie unvorsichtig werden lassen? Oder hatte sie genau das Richtige getan? Zwar war der Sohn gerettet, aber war er das auch weiterhin?

Alfena betrat die Hütte und ihr Mann lag, lang ausgestreckt, mit dem Bauch auf der Schlafstätte. Seine Mutter hatte ihm gerade den Rücken mit der Salbe eingeschmiert, die Alfena ihr am Tag zuvor bei ihrem Aufbruch gegeben hatte. Bertana stellte keine Frage, wie es Alfena gelungen war, das Kind zu befreien und irgendwie war ihr das auch ganz recht. Die ältere Frau umarmte ihren Enkel und gab die Salbendose an Alfena weiter, die sich sofort um ihren verletzten Mann kümmerte. Er lebte noch und nur das zählte. Die Wunden würden eine Weile brauchen, aber er würde es überleben. Sie verließ die Hütte und ging an das andere Ende des Dorfes, wo das Mädchen zuhause war, das ebenfalls unter der Peitsche zu leiden gehabt hatte.

Sie hatte zwar weniger Hiebe abbekommen, aber es hatte sie schwerer erwischt, da sie ja noch viel jünger war. Hier war nun Alfenas ganzes Heilwissen gefragt, das sie auch sofort mit Kräutern und fiebersenkenden Wickeln anwendete. Die Arbeit bei dem Mädchen ließ ihr nun keine Zeit, über ihr vergangenes Handeln nachzudenken. Mehr als vier Tage saß sie am Bett der jungen Frau, während sich Bertana weiter um ihren Sohn und den Enkel kümmerte.

Ihre Bemühungen um das Leben der jungen Frau waren erfolgreich und schon bald konnte das Mädchen auch wieder im Bett sitzen. Die Narben der Hiebe würde sie sicher ihr ganzes Leben lang behalten und nun kam Alfena jeden Tag um die Verbände zu wechseln. Diese Peitsche hatte, mit ihrer schweren Bleikugel am Ende, schlimme Verletzungen hervorgerufen, die sich nur schwer schlossen. Immer wenn sie die Wunden mit der Salbe bestrich, dann dachte sie daran, dass sie damals mit ihrem Blick den Offizier angefleht hatte, sie vor dieser Art der Bestrafung zu verschonen. Aber ob das, was daraufhin gefolgt war, wirklich besser gewesen war? Das wagte sie nun noch mehr zu bezweifeln.

Allerdings hatte sie in anderen Dörfern auch schon davon gehört, dass die römischen Legionäre Menschen bis zum Tode ausgepeitscht hatten. Das Leben eines „Barbaren" spielte für sie keine Rolle. Drohung und Einschüchterung waren ihnen wichtiger. Und darin waren die Römer sehr einfallsreich. Sie hatten unzählige Methoden gefunden, um Menschen zu Quälen. Und sicher noch viel mehr, sie zu töten. Auf allen ihren Reisen hatte sie immer wieder Unglaubliches erfahren und schließlich war es ja auch ihr selbst so passiert. Würden die Männer also zurückkommen? Sie wusste es nicht und sie konnte keinen Fragen. Selbst das Knochenorakel schwieg sich aus. Mit dieser Angst musste sie den Rest des Sommers leben.

Irgendwann sagte sich Alfena, das es schon viel zu lange her war, dass sie das Lager überfallen hatte. Die Legionäre hätten sicher schon lange zugeschlagen, wenn sie gewusst hätten, das Alfena der Wald- und Rachegeist gewesen war. Aber alle, die sie gesehen hatten, waren in dieser Nacht gestorben. Und falls sie doch einer gesehen hatte, würde er sicher an seinem Verstand zweifeln. Ein nackter Waldgeist, der nachts im Wald Männer tötet und Kinder raubt! Das würde sicher Niemand glauben. Aber in den finsteren Wäldern war ja so einiges möglich. Darum gingen die Römer ja auch nie in den Wald, gleich gar nicht nachts. Das war ihnen einfach zu unheimlich.

Selbst viele der Einheimischen trauten sich ja schon nicht in den Wald. Alfena schüttelte da immer lächelnd den Kopf, wenn sie davon hörte. Aber sie war ja auch anders als die Anderen. Ihr ging es da ähnlich wie Aina, die ebenfalls irgendwie zwischen den Welten gelebt hatte. Weder ganz im Hier noch ganz im Dort. Genau auf der Grenze zwischen den Menschen und den Ahnen. So war es nun auch ihre Berufung, seit sie an jenem Tag auf dem Dorfplatz neben ihre Mutter gestorben und wenig später im Wald bei Aina als ein anderer Mensch wieder auferstanden war.

Als dann der Herbst über das Land kam, und die Römer nicht zurückgekommen waren, konnte Alfena erst richtig aufatmen. Nun würden sie in diesem Jahr auch nicht wieder kommen und die nächste Ernte im nächsten Jahr war noch weit weg. Jetzt würde erst einmal die kalte Jahreszeit kommen und damit hatten sie das Problem, dass die Ernte, die ja geraubt worden war, nun sicher fehlen würde. Die Männer gingen fast jeden Tag zur Jagd, um den, durch den Raub entstandenen, Verlust auszugleichen.

Die Menschen wollten ja keinen Hunger erleiden und daher musste alles im Dorf sein, bevor sie durch den Schnee von der Umwelt abgeschnitten wurden. Sie hatte einen schweren Winter vorhergesehen und alle hörten auf ihre Worte. Auch das Holz für die Feuerstellen musste geholt werden und das war die Aufgabe der Frauen und Kinder. Auch Alfena ging dazu mit ihrem Sohn in den Wald. Aber sie ging viel tiefer hinein, als die anderen Frauen. Schließlich kannte sie sich ja auch hier aus.

Bevor nun der erste Schnee kommen würde, machte sich Alfena noch einmal auf ihre Reise zu den anderen Dörfern. Sie würde sicher einen Mond lang fort sein und umso schwerer fiel ihr der Abschied von ihrem Sohn. Liebevoll strich sie ihm über den Kopf. Dann warf sie den Mantel über die Schulter, ergriff den Stab der Seherin und machte sich auf den beschwerlichen Marsch zu Fuß durch den Wald.

16. Kapitel

Im dunklen Wald

Wieder war sie alleine auf den Weg durch den Wald. Aber so richtig alleine war sie ja nie. Die Tiere des Waldes, oder die Ahnen, waren ständig bei ihr. Als Seherin stand sie unter dem Schutz der Götter und war für alle freien Männer unantastbar. Die Götter würden jeden bestrafen, der die Hand gegen sie erhob. Bei den Römern sah das schon anders aus. Wenn sie denen in die Hände fallen würde, so hätte sie sicher ihr Leben verwirkt. Zu gefährlich war den Legionären die Weisheit der Frauen.

Sie hatte von einigen Männern erfahren, wie die Römer in ihrem Land mit Frauen umgingen und das gefiel ihr so gar nicht. Hier bei ihnen in den Stämmen des Waldes war die Frau eine Gefährtin, mit der man, wenn es nötig war, sogar in den Kampf ziehen konnte. Sie selbst hatte das ja im Sommer selbst so gemacht. Bei den Römern hatten die Frauen nichts zu sagen, mussten zu Hause bleiben und schön aussehen. Das war so gar nicht ihre Auffassung vom Leben.

Auf ihren Stock gestützt stand sie auf einem kleinen Hügel und schaute in das Land hinein. Sie sah die dichten Wälder unter sich und die kleinen Flüsse, die überall durch den Wald liefen. An den größeren hatten die Römer Brücken gebaut, oder vermieden es an die anderen zu gelangen. Weit im Westen, da wo die Sonne jeden Abend unter ging, hatten sie Häuser aus Stein gebaut, wie ihr ein Händler im letzten Dorf mitgeteilt hatte. Dort saßen sie im Winter in Räumen, die ohne Feuer warm wurden.

Da tranken die Römer ihren Wein und badeten selbst im Winter. Alles Sachen, die es so bei ihnen hier nicht gab. Hier in ihrer Gegend

75

würden in ein oder zwei Monden alle in ihren Dörfern von der Außenwelt abgeschnitten sein. Erst wenn der Schnee wieder geschmolzen war, dann kam wieder Leben in die Siedlungen. Alfena sah nach Westen und dachte dabei an die Legionäre. Schmerz und Wut durchzuckten sie. Fast jedes Zusammentreffen mit den fremden Männern war bisher schlecht verlaufen. Seit diesem Sommer verachtete sie diese Räuber noch viel mehr. Alles Römische war ihr nun verhasst. Wo andere vielleicht auch Vorteile sahen, wie im Glas oder in Geschirr, das sie von den Römern eintauschten, sah sie nur die Gewalt, die die Römer ihnen alljährlich antaten.

Diese Horde raubte, tötete und vergewaltigte. Nur auf die Macht ihrer Schwerter gestützt, sowie durch die Einigkeit der Legionen und die Uneinigkeit der Stämme, konnten sie das ungestraft tun. Wie lange sollte das noch so gehen? Sie setzte sich in das Gras und schaute zum Himmel hinauf. Die weißen Wolken des Sommers waren den Grauen des Herbstes gewichen. Fast jeden Tag regnete es nun hier im Wald und sicher würde es gleich wieder anfangen. Der Wald brauchte diesen Regen und auch die Menschen. Und er vertrieb die Römer, damit war er ihr bester Freund. Konnte es nicht das ganze Jahr regnen? Vielleicht würden sie dann in ihrem Land bleiben. Allerdings würde dann die Ernte nicht mehr so gut sein. Alfena griff in das Gras neben sich und strich mit der Hand darüber. Alles war gut, so wie es war, wenn diese Räuber nur endlich auf ihrer Seite des Flusses blieben! Sie stand auf und sah sich noch einmal um.

Dann griff Alfena zu ihrem Stock und wollte gerade den Hügel hinunter gehen, als sie stoppte. Irgendetwas hielt sie zurück. Noch einmal drehte sie sich um, doch sie bemerkte nichts. Plötzlich hatte Alfena eine Vision. Sie erblickte einen römischen Reiter, der Römer angriff. Nach der Rüstung und der goldenen Maske, die er trug, war es ein Offizier. Noch nie hatte sie einen Römer in einer Vision gesehen. Da konnte etwas nicht stimmen. War der Schleier der Götter von

76

ihren Augen genommen worden? Der Mann löste sich im Nebel auf und sie musste sich in das Gras zurücksetzen.

Was war das gewesen? Sie hatte das Gefühl, dass es kein Römer gewesen war, der diese Rüstung getragen hatte. War es ein Stammesangehöriger, der eine römische Uniform trug? Hatte er sie gestohlen und die Römer damit getäuscht, oder war er als Sklave in römischen Diensten? Eigentlich wollte sie ja mit den Römern nichts mehr zu tun haben, doch dieser maskierte Reiter war anders. Sie hörte eine Stimme in sich, die sagte „In zwei Sommern vollzieht sich deine Rache!" sie griff zu ihrem Dolch und dachte an die Nacht im Lager. Dort hätte sie leicht noch mehr Legionäre töten können. Vielleicht vollzog sich ihre Rache in zwei Jahren genauso.

So konnte es sein!

Oder vielleicht ganz anders? Konnten sie sich offen gegen die Plünderungen erheben? Sie würden alle sterben, wenn jedes Dorf es für sich versuchte. Nur gemeinsam hatten sie eine Chance. Im Tal unter sich, nicht weit entfernt, sah sie eine Rauchsäule durch die Baumwipfel aufsteigen und sie hörte ein römisches Signalhorn. So spät im Jahr gab es hier noch Römer? Alfena stand auf, stützte sich auf ihren Stab, sie zog ihren Dolch, hielt die Waffe zum Himmel hinauf und rief „Mein Dolch dürstet nach eurem Blut!" dann steckte sie den Dolch wieder weg und sah auf die langsam untergehende Sonne. Zügig eilte sie den Berg hinab.

Das brennende Dorf war nicht weit entfernt. Aber dort lebte niemand mehr. Offensichtlich war es eine römische Strafexpedition gewesen. Die vier Hütten fielen langsam im Feuer zusammen. An einem Baum hatten die Römer den Dorfältesten aufgehangen und zwischen den brennenden Hütten lagen die Leichen von zehn Bewohnern.

77

Männer und Frauen, keine Kinder. Diese hatten sie wohl verschleppt oder sie waren in den Wald geflohen. Wieder so eine sinnlose Gewalttat. Es konnte auch nicht mit einer nicht übergebenen Ernte zu tun haben, denn die Eintreiber der Abgaben saßen sicher schon lange in ihren warmen Häusern im Land der untergehenden Sonne.

Sie schnitt den Mann von dem Baum ab und legte ihn zusammen mit den anderen Leichen in eine Reihe, dann bat sie die Götter, diese Toten in ihr Reich aufzunehmen. Im letzten Licht des Tages sah sie über sich eine Gruppe von Raben kreisen, die den Toten sicher den Weg in das Land der Götter zeigen würden.

Kurz kniete sie sich zu Füßen der Toten hin und Alfena schwor diese Toten zu rächen. Vielleicht schon in dieser Nacht, aber sicher bald! Die Frau stand auf, schaute sich um und überlegte, in welche Richtung die Römer wohl abgezogen waren. Dann folgte sie ihrem Instinkt und lief in den dunklen Wald hinein, der sich mit der versinkenden Sonne immer mehr verfinsterte.

Ein Wolf wollte Beute machen und nun war sie wieder dieser Wolf! Ihre Rache würde die Legionäre sicher nicht verfehlen. Schnell lief sie durch die Nacht.

17. Kapitel

Freund oder Feind

Eine ganze Weile war sie durch den Wald gelaufen, bis der Rauch eines Feuers sie auf die richtige Spur gebracht hatte. Trotz des hellen Lichtes des Vollmondes war es im Wald finster. Der Schein drang nur selten bis zum Waldboden herunter und manchmal wunderte sie sich selbst, wie sie in dieser Finsternis so schnell durch den Wald laufen konnte, aber sie hatte nun die Augen eines Wolfes.

Diesmal würde es nicht so einfach werden. Es waren römische Reiter, die im Wald ein Lager aufgeschlagen hatten und die Pferde würden einen Wolf in der Nähe nicht dulden. Sie kniete in der Dunkelheit des Waldes und schaute auf die Lichtung hinaus. Etwas mehr wie zwanzig Pferde konnte sie im Mondlicht sehen. Die Römer hatten keine Zelte gebaut, sondern saßen im Schein von ein paar Feuern auf der Lichtung. Alfena lauschte und sie hörte vertraute Klänge.

Die Männer hatten römische Uniformen an, unterhielten sich aber in ihrer Sprache. Über die Entfernung konnte sie einzelne Sätze verstehen. Es ging um die Jagd, den Wald und den bald beginnenden Winter. Sie zögerte einen Moment und fragte sich, ob wirklich diese Männer hier das Dorf überfallen hatten. Die Leichen der Bewohner hatte sie dort gesehen und hier saßen viele Männer, aber es waren keine geraubten Sklaven dabei. Waren etwa noch andere Römer im Lande unterwegs? Was machten diese Zwanzig hier in der Gegend?

Sollte sie für die Toten des Dorfes Rache ausüben? Auge um Auge? Toter gegen Toter? Sie alleine als Frau gegen all die Männer? Sie tastete nach dem Griff des Dolches an ihrer Seite und horchte in sich

79

hinein, ob dies der Wille der Götter war. Doch sie bekam keine Antwort. Hier würde sie Hilfe brauchen. Nur von wem? Alfena rammte ihren Stab in den Boden und kurze Zeit später berührte eine kalte Nase ihre Hand. Ein Wolf stand neben ihr und ihm waren sicher zwei Dutzend weitere Tiere gefolgt.

Die Frau sah die vielen grauen Gestalten als Schatten hinter sich zwischen den Bäumen stehen und nickte ihnen zu. Alfena erhob sich und ging alleine in den Wald zurück, bis sie eine Wildschweinsuhle gefunden hatte. Dort legte sie ihre Sachen ab und wälzte sich im Schlamm, bis sie wieder von oben bis unten schwarz war und wie ein Waldgeist aussah. Mit beiden Händen wischte sie sich die dunkle Masse in ihr Gesicht und in die Haare. Nur mit dem Dolch in der Hand schlich sie zurück zu den am Waldrand wartenden Wölfen.

Die Frau, die nun ein Geist war, kniete sich hin und strich dem Leitwolf über den Kopf. Etwas Nebel zog als dünne Schicht am Boden über die Lichtung und Alfena stand auf. Sie trat auf die Lichtung hinaus und stand bis zu den Knien im Nebelschleier, die Wölfe traten neben ihr ebenfalls aus dem Wald und sahen aus, als ob sie ohne Beine im Dunst schweben würden.

Ohne einen Laut bewegten sie sich, so schnell sie konnten, von dem Waldrand weg und rannten über die Lichtung. Eine Linie von Wölfen, mit Alfena in der Mitte, zog im Mondlicht durch den Nebel, so wie Geister. Zwei Pferde bemerkten sie zuerst und scheuten. Die Männer sprangen vom Feuer auf und im selben Moment fielen auch schon die Wölfe über sie her. Alfena stand wie ein Luchs zum Sprung gebückt da und schaute sich um. Keine zwanzig Schritte von ihr entfernt stand der Offizier und starrte sie an. Ihre tierischen Helfer kümmerten sich nicht um ihn, er würde ihre Aufgabe sein!

80

Als der Mann zum Schwert griff, da stand sie schon direkt vor ihm und ihr Dolch berührte seine Kehle. Irgendetwas hielt aber ihre Hand zurück. Auch der Mann konnte sich nicht bewegen. Inmitten des Schreiens und Knurrens standen die Beiden, Auge in Auge, einfach nur da. Die nackte, schlammbeschmierte Frau und der Mann in der römischen Rüstung. Um sie herum kämpften Mensch gegen Tier und Tier gegen Mensch. Plötzlich wusste Alfena, dass dies der Mann aus ihrer Vision war. „Ich bin Alfena, Tochter des Allarus. Wer bist du und was machst du hier?" fragte sie, ließ aber den Dolch an seinem Hals. „Ich bin Arminius, Sohn des Sigimer, vom Stamme der Cherusker." antwortete er.

Sie zog den Dolch nach unten und ließ ihn in der Mitte seiner Rüstung ruhen. „Ich sehe eine Rüstung meiner Feinde und darunter schlägt das Herz eines freien Mannes." sagte Alfena, dabei tippte sie mit der Spitze des Dolches auf sein Herz. „Die Götter haben dir die Aufgabe gestellt, unsere Stämme von den Römern zu befreien. Stehst du zu dieser Aufgabe?" fragte sie und der Mann nickte. Alfena zog den Dolch weg und sagte „Dies ist eine Mahnung der Götter an dich! Erfülle deine Aufgabe oder mein Dolch wird dein Blut trinken."

Dann sah sie sich um und rief „Zurück!" die Wölfe ließen augenblicklich von den Männern ab und zusammen mit Alfena liefen sie, wieder ohne einen Laut, zurück zum Waldrand. Dort blieb Alfena stehen, drehte sich um und streckte die Arme zum Himmel. Mit donnernder Stimme rief sie zu den Männern zurück „Erfülle deinen Auftrag Arminius, Sohn des Sigimer!" dann verschwand sie zwischen den Bäumen. Die Männer sahen ihr nach. Es war alles wie ein Spuk gewesen und wenn die Männer nicht Kratz- oder Bisswunden gehabt hätten, so würden es alle für einen gemeinsamen Traum gehalten haben.

Sie verbanden sich gegenseitig die Wunden. Keiner der Männer und keiner der Wölfe war schwer verletzt worden. Irgendwie war das auch eine Antwort der Götter gewesen. Sie hatte nicht Rache nehmen, sondern den Mann auf seine Aufgabe hinweisen sollen. Nun hatte sie es erkannt und dankte den Ahnen für dieses Zeichen. Zwischen den Bäumen kniete sie sich hin. Der Leitwolf legte sich neben sie und sie strich ihm durch das Fell. Die restlichen Tiere waren schon in den undurchdringlichen Wäldern verschwunden. Der kühle Nachtwind des Herbstes strich um ihren Körper und ließ sie zittern. Bis gerade eben hatte sie noch nichts davon gespürt. Da war sie in einer anderen Welt gewesen. Nun war sie wieder ein Mensch. Sie zog den Stab aus dem Boden und das Tier setzte sich auf.

Vom Waldrand aus sah Alfena frierend den Männern am Feuer noch eine Weile zu, wie sie sich daran wärmten. Dann ging sie zu der Suhle zurück und holte ihre Sachen. Von dort aus ging sie langsam zu einem kleinen Bach und wusch sich in dessen eiskaltem Wasser den Schlamm sorgfältig vom Körper. Der Wolf war ihr in einigen Abstand gefolgt und blieb am Rande des Baches sitzen, in dem sie sich wusch. Als sie sich wieder angezogen hatte, legte er sich zu ihr und praktisch um sie herum. So eingerollt wärmte er mit seinem Körper die frierende Frau und so schliefen sie Beide ein.

Würde sich mit Arminius auch ihre Rache erfüllen? Im Traum sah sie den Mann wieder, wie er die römischen Soldaten schlug. Dieser Mann war nun ihre Hoffnung auf Freiheit im Wald.

18. Kapitel

Ein Auftrag

Der Winter war zu Ende und die ersten Gräser begannen zu wachsen. Alfena wollte in den nächsten Tagen wieder auf ihren Weg gehen, als eine römische Abteilung durch den Wald geritten kam. Der Wachposten alarmierte mit seinem Ruf das ganze Dorf und sofort war Aufregung in den Hütten. Was wollten die Männer? Es war noch viel zu früh im Jahr, als dass die Legionäre irgendetwas hätten erbeuten können. Die Speicher waren leer und nur das Saatgut war noch vorhanden. Schnell waren die Männer der Siedlung bewaffnet und warteten auf den Feind. Alfena dachte an die Strafexpedition im letzten Herbst und an die Befreiung ihres Sohnes. War das die Strafe dafür? Alle Männer des Dorfes versammelten sich bewaffnet auf den Platz vor den Hütten.

Es waren ungefähr genauso viele Reiter, wie das Dorf Kämpfer hatte, aber es war natürlich gefährlich sich gegen Reiter zu wehren, die von ihren Pferden herab mit Schwertern zuschlagen konnten. Zum Glück ließen die Reiter die Schwerter stecken und ritten langsam in das Dorf ein. Sie sahen sich um, hielten ihre Pferde auf den Platz zwischen den Hütten an und saßen dort von ihren Reittieren ab.

Gundraf ging auf die Männer zu, hielt seine Leute aber sicherheitshalber bewaffnet hinter sich. Sie waren ja genauso viele wie die Römer und nun waren diese auch zu Fuß. Noch einmal wollte er nicht ungestraft die Peitsche auf seinem Rücken spüren. Demonstrativ rückte Gundraf das kurze Schwert an seiner Seite zurecht, bevor er die Männer ansprach. „Was wollt ihr hier?" rief er, erhielt aber keine Antwort. Stumm standen sich die Männer gegenüber. Alfena trat in den Eingang der Hütte und hielt ihren Sohn hinter sich versteckt. Die Hand am Griff ihres Dolches wartete sie, was passieren würde. Sie sah zu der Axt, die auf Armlänge neben ihr an der Hüttenwand lehnte. Im Notfall würde sie sich und das Kind damit verteidigen.

Der Anführer der Römer nahm den Maskenhelm ab und sie erkannte Arminius, den sie im Herbst des vergangenen Jahres getroffen hatte. Sie trat vor die Hütte und ging auf den Mann zu. Die beiden begrüßten sich mit einem Nicken. „Es war nicht einfach, dich zu finden. Niemand wollte mir sagen, wo du lebst." begann Arminius. „Du trägst nur die falschen Sachen." antwortete Alfena und tippte mit dem Finger auf die Mitte der Rüstung, die er trug. „Wie ich sehen kann, trägst du diesmal auch welche." antwortete er und Alfena strich verlegen ihren Rock glatt. Dann lud sie ihn mit einer Handbewegung in ihre Hütte ein. Gundraf folgte den Beiden und schon wenig später saßen sie bei einem Becher Honigwein am Tisch und redeten.

Der Mann war ein Oberhaupt des Cheruskerclans und nun unterwegs, die Männer zum Kampf gegen Rom zu vereinen. So wie die Götter es von ihm verlangt hatten. Alfena erzählte von ihren Besuchen bei den Frauen und den von ihr seit fünf Sommern durchgeführten Versuchen, von der Seite der Frauen aus, eine Vereinigung der Stämme zu erreichen. „Im nächsten Jahr werden wir siegen." sagte Alfena, nachdem sie das Knochenorakel befragt hatte. „So sei es." sagten die beiden Männer fast gleichzeitig und alle drei standen sie auf. „Dann kann mein Dolch also in deinem Falle ruhen?" fragte sie Arminius mit einem Lächeln und er nickte nur.

Er ging zu seinen Männern und holte ein weißes Pferd, das er als Packpferd dabei gehabt hatte. Mit der Schimmelstute kam er zurück und drückte Alfena die Zügel in die Hand. „So bist du schneller und kannst größere Strecken zurücklegen. Noch mehr Stämme erreichen. Du kannst doch reiten. Oder?" fragte er. Alfena hatte noch nie auf einem Pferd gesessen und strich mit der Hand über den Kopf der Stute. In einer stillen Zwiesprache zwischen Mensch und Tier stand sie da, dann schwang sie sich auf den Rücken des Tieres und galoppierte einmal um das Dorf herum.

Sie stoppte vor Arminius, sprang herab und bedankte sich für das Geschenk. Wenig später brachen der Cherusker und seine Männer wieder auf. Es gab ja noch so viele Dörfer und Stämme zu gewinnen. Alfena stand mit den Zügeln in der Hand auf dem Platz und schaute ihm noch lange nach. War er wirklich derjenige, der es schaffen konnte, die Römer aus ihrem Wald zu vertreiben? Schweigend führte sie ihr Pferd in den Stall, der an ihre Hütte angrenzte. Bisher waren nur die Schweine und die Kuh darin gewesen und nun stand dort auch noch ein Pferd dazwischen.

Am darauf folgenden Tag brach Alfena auf. Sie hatte das weiße Reitpferd mit schwarzen Schutzsymbolen bemalt und ritt diesmal wirklich viel weiter, als sie jemals gegangen war. Dort erzählte sie den Frauen in den weit entfernten Dörfern von der Gewalt der Römer und so erreichte sie auch die, die noch nie in ihrem Leben einen Legionär gesehen hatten. Ihre Ausführungen, besonders ihre plastischen Schilderungen der Gräueltaten der fremden Krieger, sorgten dafür, dass auch diese Frauen sich ihr anschlossen und so bereitete sie auch für Arminius den Boden.

Alfena versuchte immer in den Dörfern über Nacht zu bleiben und wurde dort von den Frauen auch besonders herzlich bewirtet, den Männern schien das nicht immer zu gefallen. Aber als Seherin stand sie ja unter dem besonderen Schutz der Götter. Ihr weißes Pferd erregte ebenfalls Aufsehen in den Siedlungen. Viele der Männer kannten Pferde nur von Erzählungen und auch die Kinder waren von dem großen Tier begeistert. Manchmal musste Alfena sogar einige Runden durch das Dorf reiten und nahm dabei das eine oder andere der Kinder vor sich auf den Rücken des Tieres.

In solchen Momenten vermisste sie ihren Sohn besonders und hoffte, dass es ihm in ihrem Dorf gut ging. Solange die Römer nicht in der Nähe des Dorfes waren, würde ihm sicher nichts passieren und wenn dann die Zeit der Ernte vorbei sein würde, so sollte Gundraf ihn verstecken, so dass die Römer ihn nicht finden und mitnehmen konnten. Zum Glück war der Zeitpunkt des Eintreffens der Römer ziemlich vorhersehbar. So lange das Korn noch auf dem Feld war, so lange war auch keine Gefahr zu erwarten.

Erst im Herbst war Alfena wieder in ihrem Dorf zurück. Da waren die Römer aber schon lange zu ihren Winterquartieren aufgebrochen und Alfena schloss ihren Sohn wieder in die Arme. So lange hatte sie ihn nicht gesehen, so viel hatte sie ihm zu erzählen und sie hatte ihm auch ein paar Kleinigkeiten von ihrer langen Reise mitgebracht. Eine dieser Gaben war ein Stein der Götter, in dessen Inneren eine Fliege saß. Gefangen in einem Stein, bereit zum Abflug, wartete sie auf den Moment der Freiheit, so wie auch Alfena auf diesen Moment wartete.

19. Kapitel

Gemeinsames Handeln

In diesem Jahr nun sollte sich, nach der Prophezeiung der Götter, ihre Rache vollenden. So richtig konnte sie da zwar noch nicht daran glauben, aber es gab ihr die Zuversicht, die sie ausstrahlen musste, um die Frauen zu überzeugen.

Dabei half ihr vermutlich auch, so makaber sie das fand, dass die Römer die Abgaben erhöht hatten. Bereits im letzten Sommer waren deutlich höhere „Steuern" zu entrichten gewesen, als sie erwartet hatten. Mit Missmut hatten die Bewohner der Dörfer darauf reagiert. Manch einer, der vorher den Römer noch zugetan gewesen war, ballte nun hinter dem Rücken der Legionäre die Fäuste. Es war zudem auch noch ein langer Winter gewesen, in welchem die einsetzende Hungersnot die letzten zögernden Männer davon überzeugt hatte, dass es nun Zeit war, um zu handeln.

Unmittelbar nach der Schneeschmelze hatte sich Alfena auf den Weg gemacht. Arminius hatte vermutlich dasselbe Ziel. In einigen Dörfern war er schon vor ihr gewesen. In einigen traf sie vor ihm ein und in zwei der Siedlungen waren sie gleichzeitig gewesen. Er versuchte die Männer vom gemeinsamen Kampf zu überzeugen und sie die Frauen. Es war für sie beide nicht leicht, die allerletzten Zweifel der Menschen zu zerstreuen. Blutrache und Angst sorgten immer noch für Uneinigkeit zwischen den Stämmen. Doch es war schon mal ein Anfang, dass die Männer den Cherusker überhaut anhörten. Ein paar Sommer zuvor hätten sie ihn vielleicht sofort getötet, Gastfreundschaft hin oder her, doch die Zeiten hatten sich geändert. Wut und Zorn hatten den Weg für die Rache an den Römern frei gemacht.

In einem dieser Dörfer setzten sich Arminius und Alfena zusammen an einen Tisch, auch wenn das zumindest unüblich war, denn sie beide waren ja verheiratet, aber eben nicht miteinander. Arminius erzählte, dass es einen neuen Stadthalter Roms gab, der für seine Brutalität überall im Reich berüchtigt war. Varus, so hieß der Mann, war nun das zweite Jahr hier und von seinen früheren Provinzen gab es Gerüchte, dass er sich aus den Abgaben bereichert haben sollte.

Nun gab das Ganze auch für Alfena einen Sinn. Die erhöhten Abgaben dienten dazu, dass er sich ein schönes Leben machen konnte. Das Mehr am Korn floss vermutlich direkt in seine Tasche. Es war nur ein weiterer Punkt auf der Liste der römischen Ungerechtigkeiten den freien Stämmen gegenüber. Trotz dieses offensichtlichen Betruges war es immer noch schwer, die Männer vom gemeinsamen Handeln zu überzeugen. Aber wenn jedes Dorf für sich kämpfen würde, oder jeder Stamm für sich, so würden sie alle nach und nach untergehen. Sie würden alle einzeln vernichtet werden. Nur im Zusammenhalt lag ihre Stärke.

Die Frauen hatten dies schon lange erkannt und sie lebten auch nicht in den kleinlichen Kategorien der Blutsrache, wie sie die Männer oft noch lebten. Für sie zählte das Leben ihrer Kinder und Männer mehr als der Stolz. Für Alfena zahlten sich der lange Kampf und die Überzeugung der Frauen langsam aus. Aber sie wollte sich auch ein Bild von der Welt der Römer machen, um abzuschätzen, was ihnen da eventuell entging. Mit Arminius vereinbarte sie ein Treffen, bei welchem er ihr den Weg in die ferne Stadt der Römer erklärte.

Mit ihrem Pferd ritt sie also zu dem Fluss im Land der untergehenden Sonne, hinter dem das Land der Römer begann. Schon vom weitem sah sie die großen Tempel, die sich über die hölzerne Palisadenwand erhoben. Sie sah das Lager, dessen Namen Arminius mit

88

Vetera angegeben hatte und unmittelbar daneben eine kleine Siedlung, in der auch Angehörige der Stämme lebten. Da sie von einem Händler ein paar römische Münzen erhalten hatte, konnte sie sich auch in einer Taverne ein Zimmer nehmen. So vieles war ihr hier fremd. Die meisten Häuser waren zwar noch aus Holz, so wie sie es gewohnt war, aber es gab auch schon welche aus Stein.

Eines dieser Gebäude überragte alle anderen. Es war ein Tempel für die römischen Götter und direkt daneben befand sich, wesentlich kleiner und bescheidener, ein Tempel für ihre eigenen Götter. Die Römer hatten zugelassen, dass dieser dort gebaut wurde und Alfena betrat ihn, um darin etwas für das Gelingen des Aufstandes zu opfern. Eigentlich war ja ein Tempel nicht der richtige Platz, um für ihre Götter zu opfern. Die lebten ja in den freien Wäldern, unter freiem Himmel. Offensichtlich wussten das auch die Erbauer des Tempels, denn das Dach war offen und ließ das Licht der Sonne bis zu dem Opferstein herunter scheinen. Als sie den Tempel wieder verlassen wollte, sah sie eine römische Patrouille auf der Straße entlang laufen und zuckte zusammen. So lange war das nun schon her, aber tief in ihr steckte immer noch die Angst vor den Legionären. In der Siedlung waren hier sehr viele Legionäre zu sehen. Nach der Erzählung von Arminius waren es einige tausend, die in dem Militärlager neben der Stadt untergebracht waren. Dort hatte auch Varus im Winter sein Quartier. Momentan war der ja sicherlich auf dem Weg in das Sommerlager, von welchem aus die Legionen dann die Abgaben eintrieben.

Nun wollte Alfena aber auch noch die Häuser sehen, die ohne Feuer warm wurden. Da es ja Sommer war, blieb ihr eigentlich nur die Therme übrig. Die anderen Häuser wurden sicherlich nur im Winter geheizt. Aber sie brauchte nicht lange zu suchen, denn die Therme war das zweite aus Stein gebaute Haus der Siedlung, wenn auch etwas kleiner wie der Tempel. Die junge Frau betrat den Vorraum und war überrascht, dass Sklaven ihr sofort ihre Kleidung abnehmen wollten. Für einen Moment dachte sie daran, zurückzugehen, damit niemand ihre Narben sah, aber sie bemerkte, dass einige der Frauen einen kleinen Umhang trugen und so stimmte sie zu, ihre Kleidung gegen einen solchen weißen Umhang zu tauschen.

Neugierig ging sie durch die Räume und spürte die Wärme unter ihren nackten Füßen. Eigentlich hätte Stein ja kalt sein müssen. Sie bückte sich und berührte den Boden. Er war wirklich warm und ein Feuer war auch nirgendwo zu sehen. Dann betrat sie einen Raum, in dem einige Frauen in einem Becken saßen. Bis zur Hüfte reichte ihnen das Wasser und als Alfena die Hand in das Wasser steckte, war auch dieses Wasser warm. Schon fast heiß. Auf einer Bank blieb sie eine ganze Weile sitzen, aber niemand brachte neues heißes Wasser. Das Becken schien von unten her erhitzt zu werden, wie ein Topf der über dem Feuer hing.

Diese Römer hatten schon einen unglaublichen Fortschritt erreicht. Alfena fand es nur schade, dass sie dies nur durch ihre Abgaben erreicht hatten. Sie verließ die Therme wieder und ging weiter durch die Stadt. Am Fluss war ein Hafen, in dem gerade ein Schiff mit Korn beladen wurde und ihre Hand krampfte sich um ihren Dolch. Die Stämme mussten hungern und hier gab es selbst im Sommer, noch weit vor der Ernte, reichlich Korn. Mit ihren letzten Münzen kaufte sie eine Kleinigkeit für ihren Sohn und brach am nächsten Morgen auf. Früher als sonst kehrte sie zurück zu ihrem Stamm und war noch vor der Ernte wieder bei ihren Lieben in ihrem Dorf. Dort erzählte sie natürlich auch von ihren Erlebnissen in der fernen Stadt.

20. Kapitel

Auf dem Weg zum Kampf

un konnte es Alfena gar nicht mehr erwarten, dass die römischen Legionäre endlich kamen. Alle Stämme hatten ausgemacht, dass sie nach dem Raub der Abgaben den Sammelpunkt der Stämme erreichen wollten. Die Ernte in diesem Jahr war wieder gut gewesen und doch würde ihnen nicht viel davon bleiben. Alfenas Hand krampfte sich um den Griff des Dolches. „Hoffentlich ist es das letzte Mal." bat sie die Götter.

Schließlich kamen die Männer, so wie schon in jedem Sommer seit Alfena denken konnte. Sie nahmen ihnen wieder einmal mehr ab, als vorgesehen und um ein vielfaches mehr als ihnen überhaupt zustand. Nach Alfenas Meinung stand ihnen gar nichts zu und es musste enden! Sie durften diesmal aber nicht allzu freigiebig sein. Kein Zweifel durfte den Römern kommen, damit sie den Plan nicht zu früh erkannten.

Der Stamm wartete einen Tag, nachdem die Männer die Abgaben geraubt hatten, dann machten sie sich bereit. Fünfundzwanzig Männer und zehn Frauen wollten aufbrechen. Alfena verabschiedete sich von ihrem Sohn und wusste nicht, ob sie ihn wiedersehen würde. Sie versuchte stark zu sein, damit sie ihrem Sohn keine Angst machen würde.

Auf ihrem Pferd hatten sie ihre Ausrüstung verpackt und so zogen sie den Legionären hinterher. So wie es alle anderen auch machen würden. Nach drei Tagen erreichten sie den Sammelpunkt mitten im Wald. Dort waren schon tausende von Männern und Frauen. Die Stammesführer hatten alle Mühe, die Männer unter Kontrolle zu haben. Zwischen einigen der Dörfer herrschte Blutrache, die nur kurz ruhte und jeder Zeit, auch aus kleinen Anlässen heraus, wieder ausbrechen konnte.

Noch nie hatte sie so viele Männer und Frauen aus allen Stämmen zusammen an einem Platz gesehen. Nicht mal beim jährlichen Thing waren so viele zusammen gekommen, wie ihr Gundraf auf ihre Frage hin bestätigte. Hier musste praktisch jeder wehrfähige Mann und fast jede erwachsene Frau des freien Waldes zugegen sein und erst jetzt kamen Alfena Zweifel. Wenn sie hier versagen würden, so würde ihr ganzer Stamm und all die anderen Stämme praktisch aufhören zu existieren.

Erst hier im Wald wurden ihr die Konsequenzen ihres Handelns vollkommen bewusst. Bisher hatten die Römer immer höchstens ein Dorf oder eine Siedlung besetzen können. Durch die verteilte Lage konnten andere dann gewarnt werden und gegebenenfalls in die Wald flüchten, bevor die Römer auch sie erreichten. Doch nun? Sie hatten sich hier vereinigt, um die Römer zu schlagen, doch wenn ihr Plan misslang, so konnten die Römer auch sie hier schlagen. Sie schickte ein Gebet an die Götter, dass Arminius wusste, was er da tat.

Bereits am nächsten Tag begannen auch Alfena und die ganze Gruppe am Bau teilzunehmen. Es musste ein Wall entlang eines Weges aufgeschüttet werden, hinter dem sie sich verbergen sollten, und dieser durfte vom Weg aus auch nicht zu sehen sein. Der Waldweg war aber nur ein paar Schritte entfernt und das Verbergen war sehr schwierig. Sie pflanzten sogar Büsche um. Wieviel Zeit sie noch hatten, dass wusste niemand. Aber mehr wie einen Mond sicher nicht.

Auf der abgewandten Seite des Hügels hatten sie ihr Lager errichtet. Dadurch blieb der Vorderhang unberührt. Es gab nur wenige Wege nach vorn, auf festem Boden, damit keine Spuren blieben. Der Vorderhang sollte so unberührt wie möglich aussehen. Jeden Tag kamen neue Kämpfer dazu. Viele der Frauen, die ihre Männer begleiteten, kannte Alfena von ihren Besuchen in den Dörfern und sie wurde überall freundlich begrüßt. Die Hoffnung auf Freiheit beflügelte alle. Und diese Hoffnung beschleunigte auch den Bau des Walls. Von Zeit zu Zeit kam auch Arminius. Da er dabei immer seine römische Rüstung trug, war es für viele nicht so einfach, ihn als ihren Anführer zu akzeptieren. Sie vertrauten mehr ihren eigenen Stammesführern und diese hofften auf Arminius.

Viele der Männer hatten offensichtlich ähnliche Befürchtungen wie Alfena, denn sie hörte oft dieselben Fragen im Lager. An einem Tag traf auch Alfena bei ihrer Baustelle auf Arminius. Sie zog ihren Dolch und sagte zu ihm „Denke daran, dass mein Dolch dein Blut trinken wird, falls du uns hintergehen willst." Doch er beschwichtigte sie und erklärte, dass er wusste, was er tat. Der Frau blieb nichts anders übrig, als ihm zu vertrauen. Sie steckte den Dolch wieder weg und arbeitete noch emsiger weiter. Es konnte nicht mehr lange dauern. Nach der Aussage von Arminius waren fast alle Abgaben schon in das Sommerlager gebracht worden.

Der größte Teil der Hilfstruppen würde sich Arminius anschließen und es war schon seltsam, dass über den Weg römische Reiterei entlang eilte, an dessen Seite sie gerade eine Falle für die Römer aufbauten. Immer wieder kontrollierten die Anführer, ob man vom Wege aus etwas von dem Wall oder den dahinter versteckten Kämpfern sehen konnte.

Vielen der Männer war diese Kampfweise nur schwer zu vermitteln. Versteckt im Wald, dem Feind aufzulauern und dann zuzuschlagen, dies war so gar nicht das, was sie von einem ehrlichen Kampf,

Mann gegen Mann, erwarteten. Es klang schon in der Vorbereitung hinterhältig und gemein. Nur mit Mühe konnte Arminius die Männer davon überzeugen, dass ein offener Kampf, in freiem Gelände, für alle den sicheren Tod bedeuten würde. Er kannte die Taktiken der römischen Legionen sehr gut. Schon oft hatte er die römischen Truppen in der offenen Feldschlacht gesehen und war dabei gewesen, wie sie selbst überlegene Kräfte vernichtend geschlagen hatten.

Manchmal waren da auch die seherischen Fähigkeiten von Alfena und der anderen weisen Frauen gefragt, die danach bestätigen mussten, dass es der Wille der Götter war, hier so zu kämpfen. Richtig sicher war sich da zwar auch Alfena nicht, doch sie durfte ihre Unsicherheit nicht auf die Männer übertragen. Viel zu viel hing von der Geschlossenheit der Stämme ab.

Sie würden geschlossen siegen oder untergehen. Sieg oder Tod. Es gab keine Alternative dazu. Endlich war der Wall fertig und es war auch noch der richtige Zeitpunkt, denn ein Melder von Arminius ließ ausrichten, dass innerhalb von sieben Tagen mit dem Abmarsch in das Winterlager zu rechnen war. Am selben Tag begannen auch die Regenfälle, die das Moor auf der anderen Seite des Weges unpassierbar machen würden. Die Götter begannen ihnen zu helfen und nun war es nur noch eine Frage der Zeit und eine Frage, ob sie Arminius trauen konnten.

21. Kapitel

Mein ist die Rache!

Aus dem Wald heraus sah sie nach unten auf den Weg. Alfena kniete neben tausenden anderer Männern und Frauen in einem Versteck. Noch war nichts zu sehen und wenn sie zu den Seiten sah, schaute sie nur auf grimmig aussehende Kämpfer. Sie fasste den Griff der Axt noch fester an und schickte ein Gebet an die Götter, in dem sie um Kraft bat. Sie bat auch darum, dass ihre Rache heute erfüllt werden würde.

Alfena strich über die Klinge der Waffe, die eigentlich mehr ein Werkzeug war. Im Winter machte sie damit das Holz für die Feuerstelle klein, aber heute hatte diese Axt eine andere Bestimmung. Der Regen fiel unaufhörlich auf sie alle herunter und ihre Sachen waren vollkommen durchnässt. Zum Glück war es nicht allzu kalt, da es ja irgendwie immer noch Spätsommer war. Kein Geräusch war zu hören, nur der immer weiter herunterfallende Regen plätscherte auf dem Laub über ihnen. Das Ganze hatte eine einschläfernde Wirkung und wenn sie nicht so angespannt nach unten geschaut hätte, so wäre sie sicher eingeschlafen.

Vor einer ganzen Weile war eine berittene Abteilung auf dem Weg entlang geritten, bei der am Sattel eines Reiters ein rotes Tuch befestigt war. Das war das vereinbarte Zeichen dafür, dass die Truppen unmittelbar hinter ihnen auf dem Weg waren und schon bald, am Wall entlang, den Reitern folgen würden.

Die Frau befand sich ungefähr auf der Hälfte des langen Weges. Neben ihr kniete ihr Mann, nur eine Armlänge von ihr entfernt. Er hatte den hölzernen Schild sowie ein kurzes Schwert in den Händen und schaute ebenfalls angespannt nach unten. Der Speer lag neben ihm griffbereit auf dem Boden. Alfena dachte an ihren Sohn, der gerade bei Bertana in ihrem Dorf war. Gundraf zeigte nach unten und sie folgte seiner Hand mit ihrem Blick. Dort zogen die ersten römischen Soldaten den schlammig gewordenen Weg entlang. Keine zwanzig Schritte vor ihnen. Das Schmatzen der Schritte auf dem aufgeweichten Weg und das Klappern der Ausrüstung konnte sie bis zu sich herauf hören.

Die Falle begann sich zu schließen. Nun mussten sie nur noch etwas warten, bis sie alle vor dem Wall waren. Sie schaute auf die Reihen der Legionäre hinunter, die vollkommen ahnungslos direkt vor ihr entlang marschierten. Es mussten tausende Männer sein. In Dreierreihen nebeneinander mit Schild, Schwert und Rüstung. Die Speere nach oben gehalten. Immer dazwischen gingen oder ritten Offiziere. Tausende Augenpaare beobachteten sie aus dem Versteck des Waldes heraus.

Alles was blieb, war abzuwarten, bis das Hornsignal anzeigen würde, dass die Römer am anderen Ende des Weges angekommen sein würden und dann sollten die tausenden versteckten Kämpfer von der Seite in die Linien der Legionäre einfallen. Zum Sprung bereit schaute die Frau nach unten und sah immer noch die Männer vor ihnen entlang ziehen. Ihre Hand krampfte sich um den hölzernen Axtstiel herum.

Alfena konnte die einzelnen Gesichter der Männer sehen. Alte und junge Legionäre waren dabei. Dazwischen trugen einige Feldzeichen mit Adlern darauf oder kleine Fahnen. Manchmal stürzte einer der Männer im Schlamm und einer der anderen Legionäre half ihm wieder auf.

Immer mehr Männer zogen an ihr vorbei. Es waren so unheimlich viele. Irgendwie verließ sie langsam der Mut. Konnten sie das schaffen? Waren sie stark genug, um dieser gewaltigen Armee Widerstand zu leisten? Konnten sie gewinnen? Sie bat um Mut und hörte das Signal. Hatte sie sich verhört? Nein! Die Männer neben ihr warfen ihre Speere und stürzten sich danach mit Geheul auf die erschrockenen Männer, die unten auf dem Weg standen.

Die Legionäre kamen kaum dazu, sich zu formieren. Einige waren schon durch die Speere getötet worden. Durchgehende Pferde galoppierten einige Legionäre nieder. Nun rannte auch Alfena, die Axt schwingend, hinunter zu dem schmalen Weg zwischen Berg und Moor. Ohne darüber nachzudenken schlug sie einfach links und rechts zu. Jeder Schlag traf. Sie musste sich nur nach den Farben richten. Rot und Metall war Feind, grau oder Fell war Freund. Es war um sie herum ein Schreien und Kämpfen.

Direkt vor ihr kämpfte Gundraf und ein paar Mal musste sie aufpassen, um ihn nicht zu treffen. Wenn die Axt erst mal in Bewegung war, so konnte sie diese nicht mehr bremsen, sondern nur noch in eine andere Richtung ablenken. Etwas streifte sie am Bein und wieder schlug sie zu. Sie hatte den mehr als ellenlangen Stiel der Axt mit beiden Händen umklammert. Jeder Treffer zog sich als Erschütterung durch ihren Körper. Aber sie sah nicht hin, wenn die Axt traf. Die Frau hatte dann schon wieder den Kopf woanders hin gewendet. Immer das nächste Ziel der Waffe fest im Blick. Eigentlich war sie nicht sehr stark, aber die Götter gaben ihr die Kraft, diese Waffe zu führen. Wie lange schlug sie sich schon hier durch die Männer? Noch waren ihre Arme nicht erlahmt. Die Axt in ihrer Hand schien ein Eigenleben zu führen und sie hielt sie nur fest. Nicht sie führte die Waffe, die Waffe führte die Frau!

Mitten zwischen den Männern sah sie etwas aufblitzen und als sie genau hinsah, erkannte sie den Offizier von damals. Sie schlug sich wütend und mit Geheul eine Schneise durch die römischen Soldaten. Der Offizier versuchte sie mit dem Schwert zu treffen und sie schlug dem Mann einfach, davon unbeeindruckt, die schwere Axt mitten in die Brust. Die Rüstung zersplitterte und das schwere Beil blieb stecken. Er ließ das Schwert fallen und ohne einen Laut kippte er nach hinten um. Alfena riss an dem Stiel und brauchte mehrere Versuche, bis es ihr gelang, ihre Waffe wieder aus der Rüstung heraus zu ziehen.

Dann kniete sich die Frau auf die Brust des Mannes und um sie herum verstummte alles. Die Männer kämpfen weiter, aber kein Laut drang mehr an ihre Ohren. So als ob sie nun in einem anderen Reich war. Im Land der Götter! Sie sah in die erschrockenen Augen des sterbenden Mannes unter sich. „Ich habe den Tag nie vergessen!" murmelte sie und zog langsam den Dolch aus ihrem Gürtel. Mit beiden Händen erhob sie ihn und blickte zum Himmel hinauf. „Das ist für dich, Mutter!" rief sie, dann schaute sie nach unten und schrie „Die Rache ist mein!" mit beiden Händen rammte sie den Dolch in den Hals des Mannes.

Röchelnd starb der Offizier. Alfena erhob sich, schlug die Tunika des Mannes hoch und entmannte ihn mit zwei schnellen Schnitten. Sie steckte den Dolch weg und trennte den Kopf des Offiziers mit einem Axthieb von dessen Rumpf ab. Diese beiden Trophäen wickelte sie schnell in den Umhang des Offiziers und hing ihn sich wie einen Beutel um. Dann stürzte sie sich wieder mit Geheul in den Kampf. Erneut sauste die Axt nieder und immer weiter ging der Kampf. Die kleine, eher zierliche, Frau mit der riesigen Axt bahnte sich ihren Weg durch die Reihen der Legionäre. Kaum einer leistete noch Widerstand.

22. Kapitel

Frische Wunden

Es war vorbei! Alfena sank auf die Knie und ließ die Axt aus ihren zitternden Händen fallen. Sie wusste nicht, wie lange sie gekämpft hatte. Ringsum lagen tote und sterbende Legionäre. Viele waren auf der Flucht und wurden von den Reitern verfolgt oder versanken gerade schreiend im Moor. Die Männer der Stämme standen zwischen den toten Römern und konnten immer noch nicht fassen, dass sie gesiegt hatten. Ein Freudengeheul erhob sich aus tausend Kehlen und ein Dank an die Götter wurde daraus, der weithin zu hören war. Sie sah von unten zu und als sie aufstehen wollte, knickte sie einfach um.

Ihr Rock war an der Seite aufgeschlitzt und blutig. Ein römisches Schwert hatte ihren Oberschenkel getroffen und sie hatte es nicht einmal bemerkt. Alfena zog sich zur Seite des Weges und setzte sich auf einen Stein. Mit einem Stoffstreifen, den sie sich vom Rocksaum abgerissen hatte, versuchte sie die Blutung zu stoppen. Ihre Hände rutschen aber immer wieder ab. Irgendwie hatte sie keine Kraft mehr. Die Axthiebe des vergangenen Kampfes ließen immer noch ihre Hände zittern.

Dann sah sie auf ihren Ärmel herab, der auch ein Loch hatte. Ihr linker Arm hatte ebenfalls etwas abbekommen, aber im Vergleich zu ihrer Wunde am Bein, war das nur ein Kratzer. Gundraf tauchte vor ihr auf und half ihr die Wunden zu verbinden. Alfena zog den Beutel nach vorn und sagte „Meine Rache hat sich erfüllt." dann wurde ihr schwarz vor Augen und sie kippte vom Stein.

Ein Rütteln ließ sie wieder erwachen. Sie öffnete die Augen und sah Wolken und Baumspitzen über sich, die sich bewegten. Anscheinend wurde sie gezogen und versuchte sich umzudrehen. Hinter sich sah sie ihr Pferd und rief nach ihrem Mann. Der Zug stoppte und Gundraf erschien bei ihr. Sie setzte sich auf der, aus Zweigen gefertigten, Schleppe auf und betrachtete ihr Bein durch den zerrissenen Rock hindurch. Die Blutung war noch nicht zum Stehen gekommen. „Gib mir meinen Beutel." sagte Alfena und ihr Mann löste die Tasche vom Pferderücken.

Die Frau öffnete den Gürtel und schob den Rock nach unten. Sie entfernte den Verband, schaute sich die Wunde an und begann dann mit Nadel und Faden, die sie aus ihrer Tasche nahm, die Wunde zu verschließen. Sie biss die Zähne zusammen und zog die Naht zu. Dann zeigte sie auf ein paar Sträucher am Wegesrand und Gundraf brachte ihr die gewünschten Blätter. Diese legte sie auf die Wunde und verband sie mit einem weiteren Streifen ihres Rockes, den sie nun völlig zerfetzt hatte. Sie deckte den Mantel über ihre nackten Beine und legte sich zurück. Das Pferd ruckte an und schon wenig später war Alfena wieder eingeschlafen. Der Blutverlust hatte sie zu sehr geschwächt.

Als sie wieder erwachte, war es um sie herum schon dunkel. Sie hörte einen Bach in der Nähe plätschern und hatte auf einmal großen Durst. Alfena versuchte aufzustehen, was ihr aber nicht gelang. Erst auf Gundraf gestützt schaffte sie die fünf Schritte bis zu dem Gewässer. Zuerst trank sie gierig das kühle Nass, dann wusch sie sich das verkrustete Blut vom Bein. Danach trug der Mann sie zum Feuer zurück und legte sie dort ab. Als er mit ihrem Umhang vom Pferd zurückkam, da war sie schon wieder eingeschlafen. Der Mann deckte sie zu, legte Holz nach und setzte sich an das Feuer.

100

Am nächsten Morgen erwachte sie und war schon etwas weniger schwach. Langsam kam die Kraft zu ihr zurück. Sie setzte sich am Feuer auf und ihr Mann brachte ihr ein Stück von einem Hasen, den er erlegt und gebraten hatte. Die Beiden waren alleine, die anderen Dorfbewohner waren sicher schneller unterwegs, als sie. Alfena überlegte, ob sie reiten sollte, oder weiter gezogen werden wollte. Sie kontrollierte die Wunde an ihrem Bein und entschied sich für das Liegen auf der Schleppe. Die Wunde brauchte Ruhe und sie auch.

„Haben wir gewonnen?" fragte sie ihren Mann, nachdem er sie zurück auf die Schleppe gelegt, und das Pferd davor gespannt hatte, und schämte sich fast dafür, dass sie das erst jetzt fragte. Er nickte. „Es hat vier Tage gedauert, bis der letzte der Legionäre getötet gewesen war, aber da waren wir schon auf dem Rückweg. Die letzten beiden Tage haben die Reiter fast alleine alle fliehenden Römer niedergemacht. Nur wenige der Stammeskrieger waren daran noch beteiligt." sagte er und strich ihr liebevoll eine Haarsträhne aus dem Gesicht.

Dann ging er nach vorn und das Pferd ruckte an. Wieder machten sie sich auf den Weg. Es würde sicher länger als drei Tage dauern, bis sie wieder in ihrem Dorf sein würden. Mit der Schleppe hinter dem Pferd kamen sie nicht so schnell vorwärts. Hier, mit dem Blick auf den Himmel über sich, konnte sie erst wirklich darüber nachdenken, was in den letzten Tagen passiert war.

Sie griff zur Seite und berührte den Beutel mit dem Inhalt ihrer Rache. Irgendwie erschauderte sie dabei, aber es war sicher nur die Genugtuung, dass nun alles zu Ende war. War nun aber wirklich alles zu Ende? Da war sie sich nicht sicher und die Spuren würde sie weiter auf ihrem Körper und auf ihrem Herzen tragen. Beim Rütteln berührte etwas ihr Bein und die Frau stöhnte auf. Sie biss die Zähne

101

zusammen und versuchte etwas zu ruhen, aber die Schmerzen ließen das nicht zu.

Am Ende brauchten die Zwei fast die doppelte Zeit bis nach Hause. Dort wurden sie schon von den Bewohnern ihrer Siedlung erwartet, die bereits lange vor ihrer Rückkehr vom Sieg der freien Männer über die Legionäre erfahren hatten. Alfena wurde von ihnen regelrecht gefeiert, auch wenn sie noch nicht richtig stehen konnte.

Gundraf trug sie in die Hütte und ihr Sohn ließ die Hand der Mutter nicht mehr los. Dort, auf ihrer Schlafstätte, legte sie sich einen neuen Verband an und nahm ein paar der Kräuter dazu. Die Wunde hatte sich etwas entzündet und nun musste sie mit den richtigen Kräutern dafür sorgen, dass die Entzündung bekämpft werden würde. Aber es dauerte noch einmal sechs Tage, bis das Fieber gesunken war und die Entzündung weniger wurde.

Erst danach konnte sie langsam wieder versuchen zu gehen. Zuerst auf ihren Sohn gestützt, dann später auf einen Stock. Ihre Kenntnisse mit den Kräutern halfen ihr sehr bei der Heilung.

23. Kapitel

Die zurückgewonnene Ehre

Eine Sache musste Alfena nun noch durchführen. Sie schaute auf den Beutel, der nun schon viele Tage im hinteren Teil der Hütte lag. Den grausigen Inhalt hatte sie ihrem Sohn verheimlicht. Er sollte ja keine Albträume davon bekommen. Nun musste sie den Rest ihre Rache auch noch hinter sich bringen! Alfena bat die Götter um Unterstützung, so wie diese ihr schon bei der Ausübung ihrer Rache geholfen hatten.

Es war sicher kein Zufall gewesen, dass der Offizier genau an der Stelle gestanden hatte, an der auch Alfena in diesem Moment gewesen war. Unter den mehr als zwanzigtausend Römern und fast fünfzehntausend freien Kämpfern waren sie Beide an der einen Stelle aufeinander getroffen, an der sie sich an ihm rächen konnte. Als sie nun endlich wieder reiten konnte, führte sie humpelnd das Pferd aus dem Stall, ließ sich von Gundraf beim Aufsteigen helfen und hängte sich den Beutel auf den Rücken. Dann verabschiedete sie sich von Mann und Kind, die ihr noch lange hinterher sahen.

Alleine ritt sie den langen Weg bis zu dem Dorf, in dem ihr Vater lebte. Durch den Wald ging es den Pfad entlang und manchmal war ihr, als ob ihre Ahnen an ihrer Seite gingen. Es dauerte bis zum Abend, bevor sie dort in der Siedlung ihrer Kindheit eintraf. Mühsam ließ sie sich vom Pferd gleiten. Sie humpelte mit dem Beutel zu dem freien Platz. Unterwegs nahm sie sich einen Speer, der an einer der Hütten gelehnt hatte.

Mitten auf dem Platz zwischen den Hütten, genau an der Stelle, an der ihre Mutter gestorben war, rammte sie den Speer mit beiden

Händen mit dem stumpfen Ende in den Boden. Alfena öffnete den Beutel und nahm den Kopf heraus. Sie schaute ihm in die Augen und steckte ihn dann auf die Spitze des Speeres. Danach rief sie „Mutter. Das ist für dich." Schließlich nahm sie die andere Trophäe aus dem Beutel und warf sie in den Dreck zu ihren Füßen. „Und das ist für mich." murmelte sie, drehte sich um und sah ihren Vater, der gerade aus der Hütte trat. Er kam langsam auf sie zu und Alfena humpelte ihm entgegen.

„Meine Ehre ist wiederhergestellt!" sagte sie, als sie vor ihm stand. Der Vater legte ihr seine Hand auf den Kopf und antwortete „Deine Ehre war niemals angetastet. Du hast aber meine und die Ehre deiner Mutter wiederhergestellt. Ich danke dir meine Tochter." Sie nickte und Tränen liefen über ihre Wangen. Allarus zog sie an sich und versuchte sie zu trösten. Er umarmte sie und begann ebenfalls zu weinen. Eine ganze Weile standen sie so da, bevor sie sich voneinander lösten und zusammen zur Hütte von Allarus gingen, die ja auch einmal ihre Hütte gewesen war.

Am Eingang der Hütte stand die neue Frau des Vaters mit ihrer kleinen Tochter. Sie war schon wieder schwanger und würde Allarus sicher in diesem Jahr noch ein Kind schenken. Alfena begrüßte die Frau und ihre Schwester, dann gingen sie hinein. Das Pferd lief von selbst hinterher und steckte seinen Kopf in die Hütte. Der Mann drehte sich um und führte das Reittier in den Stall, dann setzten sich alle zusammen an den Tisch.

Dort begann sie erneut „Er hat mich geschändet und mein Blut genommen. Diese Schande habe ich nun mit seinem Blut wieder von mir gewaschen." Der Vater nickte und sie saßen noch eine ganze Weile schweigend auf der Bank. Es war die Bank, die auch ihre Schändung gesehen hatte. Alfena strich mit der Hand über das Holz.

Dann sah sie ihren Vater an. Wieder stiegen Tränen in ihre Augen. Allarus nickte ihr zu, schließlich brachte er einen Krug mit Honigwein und sie stießen beide auf das Ende der Rache an. Diese Nacht blieb sie in der väterlichen Hütte. Sie schliefen alle zusammen unter einem Fell und es war ihr, als ob sie die Mutter im Traum sehen würde, wie sie auf dem Dorfplatz stand, mit einem Schwert und einem Schild in der Hand, und sich vor der Tochter verbeugte. Auch für die Mutter war nun, im Reiche der Ahnen, die Ehre wiederhergestellt und Alfena sah so etwas wie ein Leuchten über dem Kopf der Mutter.

Als sie am nächsten Morgen die Hütte wieder verließ, blickte sie genau auf das Mahnmal ihrer wiederhergestellten Ehre. Sie sagte zu ihrem Vater, der gerade neben sie trat „Lasst ihn dort stehen, bis er von selbst vom Speer herunter fällt. Dann macht mit ihm was ihr wollt." Sie umarmte noch einmal den Vater und drehte sich zu ihrer Stiefmutter um, die fast in einem Alter mit ihr war, und sagte zu ihr „Wenn es soweit ist, so werde ich dir wieder helfen, wie bei deiner Tochter. Diesmal wird es ein Sohn." Die beiden Frauen umarmten sich ebenfalls und der Mann half Alfena auf das Pferd hinauf. Sie stöhnte kurz auf, als ihr Bein das Pferd berührte. Die Schmerzen in der Wunde waren noch nicht ganz abgeklungen. Das würde sicher noch eine Weile brauchen. Schnell machte sie sich wieder auf den Rückweg zu ihrem Sohn und Mann und noch vor der Dämmerung war sie wieder in ihrer Hütte.

Dort fiel sie Gundraf um den Hals und sagte „Nun erst bin ich wirklich frei." Den Rest des Herbstes schonte sie wieder ihr Bein und ihrem Sohn gefiel es sehr gut, dass die Mutter mal in der Hütte und nicht ständig irgendwo unterwegs war. Obwohl er eigentlich dafür schon zu alt war, spielten sie zusammen und Alfena brachte ihm auch etwas von ihrem Heilwissen bei. Vielleicht würde er ja mal ihr Werk fortführen, wenn sie es nicht mehr konnte. Doch er war ja ein Junge! Das Heilwissen wurde immer nur von den weisen Frauen getragen.

Sollte sie sich daher eine Nachfolgerin unter den Frauen suchen? Aber dann dachte sie an Aina, die ja mit fast hundert Sommern immer noch den Menschen geholfen hatte. Konnte sie auch so alt werden? Zumindest hatte sie noch etwas Zeit, sich eine Entscheidung zu überlegen.

Bevor der Winter einsetzte, kamen nun auch wieder Frauen zu der kleinen Hütte, um bei Alfena Rat und Hilfe zu suchen. So, wie es schon einmal war, machte sie nun einfach weiter. Da sie sich ja dabei nicht groß bewegen musste, kam ihr diese Form der Hilfe sehr entgegen. Zu ihren hausfraulichen Tätigkeiten kam sie dadurch natürlich immer weniger und sie war froh, dass sie mit Gundrafs Mutter Bertana eine wirkliche Freundin gefunden hatte, die sie auch weiterhin bei all ihren Aufgaben unterstützte.

24. Kapitel

Freiheit im Wald

Wieder hatte ein Jahr begonnen. Es würde das Erste ohne römische Plünderungen und Gewalt sein. Überall in den Stämmen hatte sich herumgesprochen, dass Arminius ein Achtel des römischen Heeres dort in diesem Wald vernichtet hatte. Vermutlich hatte er Recht, denn dieser Mann wusste ganz genau, wie es in Rom so aussah. Dadurch, dass Arminius die Stammeskrieger in der Hälfte der Schlacht weggeschickt, und nur mit seinem Stamm und der ihm unterstellten Reiterei gesiegt hatte, war sein Anteil am Sieg um ein vielfaches höher geworden.

Aber das war Alfena eigentlich auch egal. Wichtig war nur, dass die Römer dort blieben, wo sie hin gehörten: auf der anderen Seite des Flusses! Bereits im letzten Winter hatte sie begonnen einer Frau aus dem Nachbarhaus mit Namen Thusala etwas von ihren Heilkenntnissen beizubringen. Die junge Frau hatte einen der Männer des Dorfes geheiratet und war sehr gelehrig. Oft saßen sie lange an dem Tisch in der Hütte und redeten über Kräuter und darüber, wie sie wirkten.

Still in sich selbst hatte Alfena die Hoffnung, doch noch ein oder zwei Kinder zu bekommen. Es war ihr nicht leicht gefallen, dass ihr Sohn bisher ein Einzelkind geblieben war, aber sie hatte immer an Ainas Worte gedacht. Nun war aber ihre Überlegung so, dass ihr ja auch jemand anderes helfen konnte, dem sie Ainas Wissen beibrachte. Und so würde sich auch bei ihr vielleicht noch der Kinderwunsch erfüllen. Manchmal sah sie fast neidisch auf die vielen anderen Kinder aus den Hütten.

Zwischen dem zwanzigsten und dreißigsten Sommer waren die Frauen des Dorfes fast durchweg schwanger. Die Hälfte der Kinder überlebte und so hatten hier in der Siedlung die meisten Familien fünf oder mehr Kinder und da wollte sie sich wenigstens ein bisschen anschließen. Auch ihren Mann machte ihr Entschluss glücklich, doch er sorgte sich natürlich auch um seine Frau, die diese Gefahr auf sich nahm. Aber jede Geburt war ja seit alters her ein Risiko für die Frauen.

Als der Frühling begann holte sie ihr Pferd wieder aus dem Stall und machte eine kleine Runde bei den Frauen der umliegenden Siedlungen. Diesmal nahm sie aber ihren Sohn mit, der sich auf den Ausflug sehr freute. Bei dieser Reise musste sie nun niemanden mehr vom Kampf gegen die Römer überzeugen. Nun konnte sie sich wieder voll und ganz dem Heilen und Helfen widmen.

Die Wölfe sah sie in diesem Jahr aber nicht mehr. So sehr sie auch darum bat, sie noch einmal sehen zu dürfen, die Tiere blieben verschwunden. Sie waren ein Teil der Rache gewesen. Diese Zeit lag nun hinter ihr und damit auch die Zeit der Wölfe.

Das Glück und die Normalität des Lebens ohne Ängste kehrte zurück in die kleine Siedlung und wirklich blieben in diesem Jahr die Römer hinter dem Fluss. Sie trauten sich nicht mehr in die Wälder hinein. Die Legionäre konnten ja nicht wissen, ob im nächsten Gebüsch ein Mann, zwei Männer oder fünfzehntausend Männer auf sie warten würden. Mit ihrem Sieg dort im Wald hatten sie dem großen Rom gezeigt, dass sie nicht wehrlos die Sklaverei auf sich nehmen würden und Alfena war froh, dass sie ein Teil dieses Sieges gewesen war.

Die Ernte in diesem Jahr war besonders groß ausgefallen und die Abgaben konnten sie auch für sich behalten. Beim Anblick des ganzen Getreides hatte es Alfena fast den Atem verschlagen. Nun hatten sie sogar genug Korn, um mit ihm Handel zu treiben.

Als mit dem Schnee der nächste Winter hereinbrach, merkte sie, dass sie wieder schwanger war und sie freute sich gemeinsam mit ihrem Mann auf das Kind. Arminius hatte sie seit dem Sieg nicht mehr gesehen, aber das war nicht wichtig. Seine Aufgabe, der Auftrag der Götter, war durch den Sieg erfüllt worden. Das Einzige, das zählte, war die Freiheit der Stämme. Die Freiheit hier im Wald. Die Albträume und Schmerzen bei Alfena würden auch noch vergehen. Die Zeit würde sie heilen!

ENDE

Zeitliche Einordnung der Handlung:

5800 Steinzeit

Anfang des Buches „**Schicha und der Clan des Bären**"

Ende des Buches „**Schicha und der Clan des Bären**"

5500 Steinzeit

400 –

387 die Kelten fallen in Rom ein

300 –

218 der karthagische Feldherr Hannibal überquert die Alpen

200 –

100 –

73 Flucht von Spartacus aus der Gladiatorenschule in Capua

71 Tod von Spartacus und Ende des Sklavenaufstandes

55 Expedition Caesars nach Britannien

44, 15. März, Kaiser Caesar wird in Rom ermordet

0 –

0 Anfang des Buches „**Die Rache der Barbarin**"

9 Niederlage des Feldherrn Varus gegen die Cherusker unter Arminius

10 Ende des Buches „**Die Rache der Barbarin**"

34 Anfang des Buches „**Das Schwert des Gladiators**"

43 Beginn der Eroberung Südbritanniens

50 Colonia (heute Köln) wird zur Stadt erhoben

54 Nero wird römischer Kaiser

54 Anfang des Buches „**Die römische Münze**"

56 Ende des Buches „**Das Schwert des Gladiators**"

57 Anfang des Buches „**Die Tochter aus dem Wald**"

58 große Teile der Stadt Colonia brennen nieder

64 Brand Roms und daraufhin erste Christenverfolgung

68 Aufstände in Gallien und Spanien

68 Selbstmord Kaiser Neros

68 die Bataver, ein germanischer Stamm, erheben sich und belagern Colonia

70 die Stadt Colonia erhält eine acht Meter hohe Stadtmauer

75 Ende des Buches „**Die römische Münze**"

75 Ende des Buches „**Die Tochter aus dem Wald**"

79, 24. August, Ausbruch des Vesuvs und Untergang Pompejis

80 Einweihung des Kolosseums in Rom

85 wird Colonia die Hauptstadt der römischen Provinz Germania inferior

98 Trajan wird römischer Kaiser

100 –

161 Marc Aurel wird römischer Kaiser

200 –

300 –

306 Konstantin der Große wird römischer Kaiser

324 Konstantin bekennt sich zum Christentum und macht diese zur Staatsreligion

375 die Hunnen unterwerfen die Alanen und die Goten oder vertreiben diese aus ihren Siedlungsräumen

376 Anfang des Buches „**Sturm über den Stämmen**"

376 Flucht der Donaugoten vor den Hunnen und teilweise Aufnahme der Goten in das römische Reich

384 Ende des Buches „**Sturm über den Stämmen**"

400 –

406 Rheinübergang der Vandalen und Einfall in das römische Reich

407 die Vandalen und andere germanische Stämme ziehen plündernd durch Gallien

409 Weiterzug der Vandalen und Alanen nach Spanien

410, Ende August, Eroberung Roms durch die Westgoten

429 die Vandalen und Alanen setzen unter Geiserich von Spanien nach Afrika über

439 die Stadt Karthago fällt an die Vandalen

451 Feldzug des Hunnen Attila nach Gallien

452 die Hunnen fallen in Italien ein, ziehen sich aber bald wieder zurück

453 nach Attilas Tod zerbricht das Hunnenreich

455 Plünderung Roms durch die Vandalen unter Geiserich

500 –

700 –

764 Anfang des Buches „**In den finsteren Wäldern Sachsens**"

772, im Sommer, Zerstörung der Irminsul

772 Anfang der Sachsenkriege Karls des Großen

782 Blutgericht von Verden (Aller)

783, im Sommer, Gefechte mit Beteiligung sächsischer Frauen

785 Taufe Widukinds in der Königspfalz Attigny

787 die ersten Überfälle der Nordmänner auf Westeuropa finden statt

790 Überfälle der Nordmänner auf Schottland und Irland

792 letzte größere Erhebungen der Sachsen gegen die Franken

792 Zwangsdeportationen der Sachsen und Neuvergabe von sächsischem Land an fränkische Siedler

793 Überfall und Plünderung des Klosters Lindisfarne durch Nordmänner

795 Überfall von Wikingern auf das Kloster Iona in Irland

799 Beginn der Wikingerüberfälle auf das Frankenreich

796 Karls Belehrung durch seinen Berater Alkuin

797 mit dem Capitulare Saxonicum wurden die Sondergesetze gegen die Sachsen gelockert

800 –

800 Kaiserkrönung Karls des Großen

800 König Godfred von Dänemark gerät im kriegerische Konflikte mit Karl dem Großen

800 erste nordische Siedler treffen auf den Färöern und auf Island ein

800 unzählige Angriffe der Nordmänner auf die sächsischen Küsten

802 das sächsische Volksrecht (Lex Saxonum) wird verabschiedet

802 Ende des Buches „**In den finsteren Wäldern Sachsens**"

804 Ende der Sachsenkriege

805 Anfang des Buches „**Westwärts auf Drachenbooten**"

810 dänische Wikinger greifen wiederholt die friesische Küste an

814 Tod Karls des Großen

825 Ende des Buches „**Westwärts auf Drachenbooten**"

840 erste Überwinterung der Wikinger im Frankenreich

840 norwegische Nordmänner überfallen Irland und gründen Dublin

844 Überfälle der Nordmänner auf Spanien

845 Plünderungen von Hamburg und Paris durch die Wikinger

858 schwedische Wikinger gründen Kiew

889 Wanzleben wird erstmals als Haufendorf erwähnt

900 –

913 Herzog Heinrich von Sachsen stellt ein Ungarisches Heer bei Merseburg

926 Heinrich handelt mit den Ungarn einen zehnjährigen Waffenstillstand für Sachsen aus

937 Otto I. der Große, gründete das St.-Mauritius-Kloster in Magdeburg

938 die Ungarn ziehen erneut gegen die Sachsen

952 Anfang des Buches „**Der Gefolgsmann des Königs**"

955, 10. August, Schlacht gegen die Ungarn auf dem Lechfeld bei Augsburg

955 Otto beginnt einen großen Neubau des Doms zu Magdeburg

962, 2. Februar, Krönung Ottos zum Kaiser

968 Beginn des Baues der Burg Wanzleben

980 Ende des Buches **„Der Gefolgsmann des Königs"**

1000 –

1100 –

1142 Heinrich der Löwe wird Herzog von Sachsen

1143 Gründung Lübecks, der ersten deutschen Ostseestadt

1147 Anfang des Buches **„Im Zeichen des Löwen"**

1147 Wendenkreuzzug, dauert als Kreuzzug drei Monate

1152 Königskrönung von Friedrich Barbarossa in Aachen

1155 Kaiserkrönung Friedrich Barbarossas in Rom

1156 Besiedlungszug in Lommatzsch

1157 Gründung des deutschen Kaufmannsbundes

1159 Wiederaufbau Lübecks

1160 Anfang des Buches **„Kaperfahrt gegen die Hanse"**

1160 der slawische Burgwall Dobin, liegt am Schweriner See, wird zerstört

1160 Lübeck erhält das Soester Stadtrecht

1160 Gründung der Kaufmannshanse

1161 Vermittlung eines Handelsprivilegs an die Stadt Lübeck durch Heinrich den Löwen

1161 Gründung der Gotländischen Genossenschaft, als Vorstufe der Hanse

1162 Kloster Altzella, bei Nossen, wird gegründet

1163 Ende des Buches **„Im Zeichen des Löwen"**

1180 Heinrich verliert das Herzogtum Sachsen

1200 –

1200 Gründung des Petershofes in Novgorod als Außenstelle der Hanse

1200 Ende des Buches **„Kaperfahrt gegen die Hanse"**

114

1210 Anfang des Buches **„Die Sklavin des Sarazenen"**

1212 Kinderkreuzzug mit Ziel Jerusalem

1212 Friedrich II. wird König

1217 bis 1221 Fünfter Kreuzzug, Kreuzzug von Damiette in Ägypten

1220 Ende des Buches **„Die Sklavin des Sarazenen"**

1250 Anfang der Blütezeit der Städtehanse

1300 –

1307, 13. Oktober, Zerschlagung des Templerordens und Verhaftung aller Templer

1315 Beginn einer Hungersnot, die als „Der große Hunger" in zwei Jahren mit sintflutartigen Regenfällen, sehr kalten Wintern und vielen Überschwemmungen Millionen Menschen in Europa dahinrafft

1321 Anfang des Buches **„Frauenwege und Hexenpfade"**

1337 der hundertjährige Krieg zwischen England und Frankreich beginnt

1337 Ende des Buches **„Frauenwege und Hexenpfade"**

1340 der englische König Eduard III. fällt mit seinem Heer in Frankreich ein

1346 in der Schlacht von Crécy schlagen 8.000 englische Langbogenschützen die verbündeten europäischen und französischen Ritter vernichtend

1347 die Beulenpest erreicht die europäischen Häfen am Mittelmeer und breitete sich schnell überall aus

1356 mit der goldenen Bulle wird erstmalig festgeschrieben, dass der deutsche König durch Mehrheitswahl von sieben Kurfürsten bestimmt wird

1400 –

1431, 30. Mai, Jeanne d'Arc, die Jungfrau von Orléans, stirbt in Rouen auf dem Scheiterhaufen

1440 Johannes Gutenberg erfindet den Buchdruck mit beweglichen Lettern

1452, 15. April, Leonardo da Vinci wird in Anchiano bei Vinci geboren

1479 Anfang des Buches **„Nur ein Hexenleben..."**

1482 Johann Tetzel beginnt sein Theologiestudium in Leipzig

1486 der Dominikaner Heinrich Kramer veröffentlicht sein Traktat „Der Hexenhammer", lateinisch „Malleus Maleficarum"

1487 Ende des Buches **„Nur ein Hexenleben..."**

1492 Christoph Kolumbus erreicht die großen Antillen und entdeckt damit Amerika

1498 Vasco da Gama erreicht an Bord seiner Nau auf dem Seeweg um Afrika herum Indien

1500 –

1504 Johann Tetzel beginnt seine Tätigkeit im Ablasshandel

1517 Anfang des Buches **„Die Bruderschaft des Regenbogens"**

1517, 31. Oktober, Luther verkündet seine Thesen in Wittenberg

1518 Müntzer und Luther sind in Wittenberg

1520 Müntzer predigt in Zwickau

1522 das „Neue Testament" erscheint auf Deutsch

1523, zu Ostern, Katharina von Boras Flucht aus dem Kloster

1524 Bauern- und Handwerkeraufstände in Sachsen

1525, 15. Mai, Schlacht bei Bad Frankenhausen

1525, 27. Mai, Müntzer wird in Mühlhausen enthauptet

1525, 27. Juni, Heirat Luthers mit Katharina von Bora

1525, im Dezember, Kloster Buch wird geschlossen

1526 Niederschlagung der letzten Bauernaufstände

1527 Ende des Buches **„Die Bruderschaft des Regenbogens"**

1530 Reichstag zu Augsburg beschließt die Duldung des Evangelischen Glaubens

1534 die gesamte Bibel ist nun auf Deutsch

1600 –

1618, 23. Mai, Fenstersturz zu Prag

1618 Anfang des dreißigjährigen Krieges

1620, 08. November, Schlacht am Weißen Berg bei Prag

1630 Anfang des Buches **„Im Schein der Hexenfeuer"**

1631 Eintritt Sachsens in den dreißigjährigen Krieg

116

1631, 10. Mai, Verwüstung der Stadt Magdeburg durch kaiserliche Truppen

1631 Anfang des Buches „**Die Räubermühle**"

1632 die Pest wütet in Sachsen

1632, 16. November, Schlacht bei Lützen

1634, 25. Februar, Albrecht von Wallenstein wird in Eger ermordet

1634 Ende des Buches „**Die Räubermühle**"

1639 schwedische Truppen brennen Dresden teilweise nieder

1641 nochmalige Zerstörung Dresdens durch die Schweden

1648 der „Westfälischer Friede" wird geschlossen

1648, 24. Oktober, Ende des dreißigjährigen Krieges

1650 Ende des Buches „**Im Schein der Hexenfeuer**"

1694 Friedrich August I. wird unerwartet neuer Herzog und Kurfürst von Sachsen

1697, 15. September, Friedrich August I. wird in Krakau zum polnischen König gekrönt

1700 –

1710 Anfang des Buches „**Anna und der Kurfürst**"

1712 Thomas Newcomen konstruiert die erste verwendbare Dampfmaschine

1715 Ende der „Kleinen Eiszeit", einer Periode relativ kühlen Klimas mit besonders kalten Zeitabschnitten seit 1675

1715 Ende des Buches „**Anna und der Kurfürst**"

1756 bis 1763 der Siebenjährige Krieg tobt in Mitteleuropa

1776 Gründung der Vereinigten Staaten von Amerika mit der Unabhängigkeitserklärung

1789, 14. Juli, Beginn der französischen Revolution in Paris

1793 Beginn des Interventionskriegs gegen Napoleon, an dem auch Sachsen teilnahm

1794 die Gesellen streiken in Dresden

1796 der Interventionskrieg endet mit einer Niederlage für die preußischen, österreichischen und sächsischen Verbündeten

1800 –

1800 Anfang des Buches „**Der russische Dolch**"

1806 Preußen und Russland verbünden sich gegen Napoleon. Sachsen schließt sich ihnen an

1806 Krieg der Verbündeten gegen Napoleon

1806, 14. Oktober, Schlacht bei Jena und Auerstedt, die Verbündeten werden von Napoleon vernichtend geschlagen

1806, 20. Dezember, das Kurfürstentum Sachsen tritt dem Rheinbund bei und wird durch Napoleon zum Königreich

1812 von Sachsen aus beginnt der Feldzug gegen Russland. Sachsen ist mit 21.000 Mann daran beteiligt

1812, 23. Juni, Napoleon überquert mit seinem Heer die Mehmel

1812, 17. August, Schlacht um Smolensk

1812, 7. September, Schlacht von Borodino

1812, 14. September, Napoleon rückt in Moskau ein

1812, 13. Oktober, Napoleon beschließt den Rückzug

1812, 3. November, Schlacht bei Wjasma.

1812, 26. bis 28. November, Schlacht an der Beresina

1812, 14. Dezember, Kaiser Napoleon macht, seinen Truppen auf dem Rückzug aus Russland vorauseilend, in Dresden Station

1813, 2. Mai, Schlacht bei Großgörschen, Sieg Napoleons gegen Russen und Preußen

1813, 20. und 21. Mai, Schlacht bei Bautzen, weiterer Sieg Napoleons gegen Russen und Preußen

1813, 26. und 27. August, Schlacht bei Dresden, Napoleon errang seinen letzten Sieg auf deutschem Boden

1813, 16. bis 19. Oktober, Die Völkerschlacht bei Leipzig brachte Napoleon eine verheerende Niederlage. Die sächsischen Truppen liefen zu den russischen und preußischen Truppen über

1813, 11. November, die belagerte Festungsstadt Dresden kapituliert

1815, 18. Juni, Schlacht bei Waterloo

118

1815 Ende des Buches **„Der russische Dolch"**

1900 –

Von Uwe Goeritz ebenfalls beim Verlag BoD erschienen (BoD – Books on Demand, Norderstedt, nähere Informationen finden Sie unter www.BoD.de)

„Schicha und der Clan des Bären"
die ISBN lautet 978-3-7386-0262-3

„Diese Geschichte spielt in der Steinzeit, als unsere Vorfahren dazu übergingen sesshaft an einem Platz zu leben. Es war der Beginn der Siedlungen, von Viehhaltung und gezieltem Anbau von Pflanzen. Die Schwierigkeiten der ersten Siedler und die Gefahren in ihrer Umwelt werden deutlich gemacht."

108 Seiten für 7,90 Euro

„In den finsteren Wäldern Sachsens"
die ISBN lautet 978-3-7357-7982-3

„Diese Geschichte spielt von 764 bis 802 in den Völkern der Sachsen und Franken. Matthias, ein Franke, und Thorsten, ein Sachse, haben beide ihre Familien in den Sachsenkriegen verloren. Nach kämpfen gegeneinander werden sie Freunde und müssen sich den täglichen Anforderungen des Lebens stellen. Im Kontext des Krieges von Karl dem Großen gegen die Sachsen muss sich ihre Freundschaft bewähren wenn Frieden zwischen den Völkern herrschen soll."

108 Seiten für 7,90 Euro

„Der Gefolgsmann des Königs"
die ISBN lautet: 978-3-7357-2281-2

„Die Geschichte spielt um das Jahr 950 im Volke der Sachsen in der Nähe des heutigen Magdeburg. Berthold ist als Oberhaupt nach dem Tod seines Vaters für die Geschicke des Dorfes verantwortlich. Zusammen mit seiner Frau Johanna, seinen Brüdern, seiner Heilkundigen Schwester Edith und den anderen Bewohnern im Dorf bewältigt er die täglichen Herausforderungen des Lebens in einer Zeit in der das Christentum und die Einigkeit des deutschen Volkes noch ganz am Anfang stehen. Als König Otto zum Kampf gegen die Ungarn ruft, werden Berthold und die Seinen auf eine harte Probe gestellt."

116 Seiten für 7,90 Euro

120

„Im Zeichen des Löwen"
die ISBN lautet: 978-3-7347-5911-6

„Die Geschichte spielt von 1147 bis 1163 im Volke der Sachsen in einem kleinen Dorf. Wolfgang und Heinrich kennen sich seit Kindertagen doch nun ist einer der Herzog und der andere ein Bauer. Kann ihre Freundschaft diese Kluft überbrücken?

Wolfgang erwirbt sich in den vielen Kämpfen das Vertrauen seines Herzogs und darf das Banner mit dem Löwen im Kampf führen doch der Kampf gegen das Volk der Slawen stellt diese Freundschaft auf immer neue Bewährungsproben. Kann Wolfgang, als halber Slawe, den Kampf gegen das Brudervolk mit seinem Gewissen vereinbaren?

Zusammen mit Karl ist er als Oberhaupt für die Geschicke des Dorfes verantwortlich. Mit seiner Frau Gisela, seinen Bruder Siegfried und den anderen Bewohnern im Dorf bewältigt er die täglichen Herausforderungen des Lebens in einer Zeit als aus dem Dorf langsam eine kleine Stadt wird."

116 Seiten für 7,90 Euro

„Kaperfahrt gegen die Hanse"
die ISBN lautet: 978-3-7386-2392-5

„Norddeutschland, Ende des 12 Jahrhunderts. Diese Geschichte handelt von 1160 bis 1200 zu Beginn der Hanse in einem kleinen Dorf an den Ufern der Ostsee. Eine kleine Gruppe von Fischern beginnt einen Kampf gegen die Übermächtig erscheinende Verbindung zwischen Kaufleuten der Hanse und den lokalen Fürsten.

Immer schlimmer werden sie ausgepresst, damit ihr Fürst Handel treiben kann. Unter Ausnutzung des Aberglaubens der Seemänner gelingt es ihnen, einen Teil des erpressten Eigentums zurück zu holen und unter der Bevölkerung zu verteilen.

Wie lange können sie aber der übermächtigen Allianz und der Macht des neuen Städtebundes widerstehen?"

108 Seiten für 7,90 Euro

„Die Bruderschaft des Regenbogens"
die ISBN lautet: 978-3-7386-5136-2

„Sachsen zu Beginn des 16. Jahrhunderts. Als Kind ist Thomas in das Kloster eingetreten, doch im Laufe der Zeit kommt er immer mehr in den Konflikt mit der Kirche. Sein Zusammentreffen mit Müntzer und Luther führt bei ihm auch zu einer inneren Reformnation. Hin- und Hergerissen zwischen den Ansichten dieser beiden Prediger ergreift er Partei für die Bauern, aus deren Stand auch er einst kam. Nach der Niederschlagung der Bauernaufstände muss er sich entscheiden, wie sein Lebensweg weiter gehen soll."

112 Seiten für 7,90 Euro

„Im Schein der Hexenfeuer"
die ISBN lautet: 978-3-7347-7925-1

„Diese Geschichte handelt in den Jahren 1630 bis 1650 in einer kleinen Stadt in Sachsen. Johanna hat in den Wirren des dreißigjährigen Krieges schon zweimal ihre Familie verloren. Als Frau eines Kaufmannes gerät sie in einen Hexenprozess, den sie nur mit viel Glück und der Hilfe ihres Mannes überlebt. Nach diesem Prozess arbeitet sie weiter mit Kräutern und versucht den Menschen zu helfen, so gut sie es kann. Im alltäglichen Leben werden ihre Fähigkeiten immer wieder gefordert und sie muss jeden Tag beweisen, dass sie eine starke Frau ist."

112 Seiten für 7,90 Euro

„Die Räubermühle"
die ISBN lautet: 978-3-8482-0893-7

„Sachsen in den Jahren des dreißigjährigen Krieges. Von 1631 bis 1648 wütete auch in Sachsen der blutigste Krieg, den die Menschheit bis dahin gesehen hatte. Bis zu 80 Prozent der Bevölkerung kamen durch Not, Krankheiten, Hunger, Gewalt und Krieg ums Leben. Ganze Landstriche wurden entvölkert und niedergebrannt. Diese Erinnerungen haben sich tief in das kollektive Unterbewusstsein eingebrannt.

Dies ist die Geschichte von einer kleinen Gruppe Männer, die auf der Flucht aus dem Heer nicht, wie alle anderen, marodierend und raubend umherziehen wollten, sondern die erkannt haben, wem sie helfen wollen und von wem sie es nehmen sollen. Traumatisiert durch die Ereignisse des Sterbens und Tötens wollen sie der Gewalt ein Ende setzen. Doch wie? In einer Zeit der Gewalt kann selbst der friedfertigste nicht ganz auf Gewalt verzichten.

Durch die Nutzung des Aberglaubens der Bevölkerung gelingt es ihnen, unerkannt in einer Mühle Unterschlupf zu finden. In diesem neuen Buch wird der Leser in die Zeit der Umbruches entführt, eine Zeit, in der die Ritter nicht mehr den Ton angeben und ein erstarkendes Volk langsam beginnt, sich auf sich selbst zu besinnen und sein Glück selbst in die Hand nimmt."

112 Seiten für 7,90 Euro

„Der russische Dolch"
die ISBN lautet: 978-3-7412-3828-4

„Sachsen in den Jahren des napoleonischen Krieges in Europa. Diese Geschichte handelt von der Freundschaft zweier Männer in den Jahren 1800 bis 1815. Peter, ein Sachse, und Pjotr, ein Russe, treffen sich in der Kindheit und begegnen sich im großen Krieg Napoleons gegen Russland 1812 wieder.

In diesem Krieg, den Napoleon gegen ein ganzes Volk führte, stehen sie auf unterschiedlichen Seiten der Kämpfe. Ein Sommer und ein Winter, mit einem Krieg, der sich tief in die Erinnerung der europäischen Völker eingebrannt hat. Durch Not, Krankheiten, Hunger, Gewalt und Krieg wurden ganze Landstriche in Russland entvölkert sowie niedergebrannt. Millionen Menschen auf beiden Seiten starben.

Dies ist die Geschichte von einer ungewöhnlichen Freundschaft, die durch den Krieg auf eine harte Probe gestellt wird. Traumatisiert durch die Ereignisse des Sterbens und Tötens versuchen sie beide dennoch Menschen zu bleiben, in einer Zeit, in der ein Menschenleben nicht viel wert war."

116 Seiten für 7,90 Euro

„Das Schwert des Gladiators"
die ISBN lautet: 978-3-7412-9042-8

„Diese Geschichte spielt im Grenzgebiet zwischen römischen Reich und Germanien, sowie auch in Rom, in der Mitte des ersten Jahrhunderts unserer Zeitrechnung. Viele germanische Männer waren in dieser Zeit willkommene Verbündete und Kämpfer in den römischen Legionen.

Oft schon als Kinder von ihren Vätern zur Ausbildung nach Rom geschickt oder von den Römern als Geiseln genommen, lernten sie das Leben in der Zivilisation kennen und schätzen. Auch als Gladiatoren waren sie berühmt wegen ihres Körperbaues und ihrer Kraft.

Trotz der Annehmlichkeiten des Lebens in Rom entschlossen sich viele, wieder in die Heimat zurück zu kehren. Denn auf der einen Seite hatten sie das freie Land der Stämme, in dem ein jeder gleich war, und auf der anderen Seite das römische Reich, das seine Stärke auch auf den Schultern von unfreien Sklaven aufbaute.

Der Leser wird in die Welt des römischen Kaiserreiches mit seinen Kämpfern, Bürgern, Händlern und Sklaven entführt."

116 Seiten für 7,90 Euro

**„Frauenwege und Hexenpfade"
die ISBN lautet: 978-3-7448-3364-6**

„Anfang des 14. Jahrhunderts brach über Europa eine kleine und viele hundert Jahre anhaltende Eiszeit herein. Nach den warmen Jahrhunderten zuvor kam nun eine Zeit des Hungers und der Unwetter. Unruhen und Krankheiten dezimierten die Bevölkerung Mitteleuropas in einem nie zuvor gekannten Maß.

Diese Geschichte handelt in der Zeit von 1321 bis 1337 und erzählt vom harten Wege dreier unterschiedlicher Frauen. Karola, die Nonne, Maria, die Bäuerin und Bärlinde, die freie Frau aus dem Wald, treffen in dieser Zeit zusammen. Sie vereinigen ihre Kräfte und Fähigkeiten. Sie helfen sich gegenseitig und versuchen anderen Frauen beizustehen. Immer in der Gefahr, als Hexen verbrannt zu werden."

116 Seiten für 7,90 Euro

**„Die Sklavin des Sarazenen"
die ISBN lautet: 978-3-7448-5151-0**

„Es ist Anfang des 13. Jahrhunderts. Johanna, die Heldin dieser Geschichte, bricht mit tausenden Anderen auf, zu einem Kreuzzug, um das Himmelreich zu gewinnen und das Grab Jesu von den Sarazenen zu befreien. Doch statt den Himmel zu erobern gewinnt die Dreizehnjährige die Hölle der Sklaverei in Ägypten. Bedingungslos den Sarazenen ausgeliefert, schwebt sie jeden Tag zwischen Leben und Tod.

Wird sie jemals die Heimat wieder sehen und kann eine verbotene Liebe Johanna retten? Oder wird diese ihr Leben fordern..."

308 Seiten für 9,90 Euro

„Die Tochter aus dem Wald"
ISBN lautet: 978-3-7448-9330-5

„Diese Geschichte spielt im Grenzgebiet zwischen römischen Reich und Germanien, sowie in den Städten, die dort gegründet wurden, in der Mitte des ersten Jahrhunderts unserer Zeitrechnung. Viele germanische Männer und Frauen waren von den Annehmlichkeiten der Zivilisation angetan und wollten dort nicht mehr weg, wenn sie diese erst einmal erkannt hatten. Oft schon als Kinder von den Römern als Geiseln genommen, lernten sie das Leben in der Zivilisation kennen und schätzen.

Trotz der Annehmlichkeiten des Lebens in Rom gab es dort auch die Kehrseite der Zivilisation zu erleben. Frauen und Sklaven hatten keinerlei Rechte. Im Gegensatz zu den germanischen Stämmen, wo es keine Sklaven gab und die Frauen den Männern rechtlich fast gleichgestellt waren. So lebten sie immer mit dem Blick auf die andere Seite des Limes oder der Flüsse, auf dem das wilde und unzivilisierte, jedoch freie Land ihrer Ahnen lag."

116 Seiten für 7,90 Euro

„Anna und der Kurfürst"
ISBN lautet: 978-3-7448-8200-2

„Es ist das Jahr 1710. Nach einer abenteuerlichen und gefährlichen Reise erreicht die siebzehnjährige Gräfin Anna Maria von Hohen-feld die sächsische Hauptstadt Dresden, wo sie die Hochzeit der Schwester vorbereiten soll, doch sie verliebt sich ausgerechnet in den Bräutigam. Kann diese Liebe wahr werden? Und was hat der Kurfürst Friedrich August I. von Sachsen damit zu tun?

Ein Abenteuer folgt dem Nächsten in der großen Stadt, für die junge Gräfin vom Lande."

312 Seiten für 9,90 Euro

„Westwärts auf Drachenbooten"
ISBN lautet: 978-3-7460-7871-7

„Unmittelbar nach dem Ende der Sachsenkriege Karls des Großen brach mit den Nordmännern eine neue Gefahr über die Sachsen herein. Unsere Ansichten und Vorstellungen von den Wikingern sind durch die Kirchen geprägt, die diese Seefahrer überfielen und beraubten. Nicht alle von ihnen waren so wilde Kerle, wie es uns die Geschichtsschreibung erzählen wollte.

In den Zeiten nach 800 überfielen die, meist jungen, Männer die Küsten des umliegenden Meeres und plünderten alles, was sie bekommen konnten. Gold, Menschen, Güter des täglichen Lebens. Alles was sie mit ihren Schiffen transportieren konnten. Ihre Frauen und Kinder blieben dabei in ihren nördlichen Ländern zurück.

Diese Geschichte handelt von zwei geraubten sächsischen Kindern, die in der Fremde unter den Nordmännern versuchten zu überleben. Können sich die Beiden anpassen oder werden sie im Dunkel der Geschichte verschlungen werden? Werden sie jemals ihre Heimat wieder sehen?"

120 Seiten für 7,90 Euro

„Nur ein Hexenleben ..."
ISBN lautet: 978-3-7460-7399-6

„Eine einzige Zeile aus einem der ältesten Bücher der Welt hat so vielen den Tod gebracht. In der Bibel, im 2. Buch Mose steht „Eine Hexe sollst du nicht am Leben lassen." Und zum Ende des 15. Jahrhunderts wurde diese Zeile für tausende Menschen zum Todesurteil.

Im Jahre 1486 entstand das Traktat „Der Hexenhammer" oder auch „Malleus Maleficarum" des Domininkanermönches Heinrich Kramer. Dieses Buch, eine Anleitung zum Finden und Auslöschen von Hexen, sollte in den folgenden dreihundert Jahren zehntausende unschuldige Leben fordern, die als Hexen oder Zauberer verbrannt wurden. Quer durch alle Bevölkerungsschichten hindurch wurden, aus einer immer weiter um sich greifenden Hysterie heraus, Männer, Frauen und Kinder grausam hingerichtet. War die Kirche zuvor noch gegen die Verfolgung der Hexen gewesen, so setzte sie nun die Inquisition auf die vermeintlichen Ketzer an. Unter der Folter gestanden viele, ohne jemals etwas Unrechtes getan zu haben.

Johannas Mutter war eine dieser Frauen, unschuldig fand sie den Tod und nun muss das Mädchen versuchen sich in einer Welt zurecht zu finden, die auch ihr nach dem Leben trachtet. Kann sie den Flammen entkommen?"

312 Seiten für 9,90 Euro

126

„Sturm über den Stämmen"
ISBN lautet: 978-3-7528-7710-6

„Irgendwo im Herzen Europas. Es ist das Jahr 376. Dies ist die Geschichte zweier Freundinnen, die durch die Wirren der Zeit, die wir heute fälschlicherweise als Völkerwanderung bezeichnen, an völlig neue Orte geraten. Auf der Flucht vor Hunger und Gewalt machen sie sich auf den Weg, der sie für immer trennen wird. Zwei starke Frauen, die, jede für sich, einen neuen, sicheren Platz im Leben suchen.

Getrieben durch die Angst vor den Reiterhorden aus Zentralasien, so wie zehntausende andere Menschen auch, versuchten sie zu überleben. Woher die Reiter kamen und aus welchem Grund sie nach Westen zogen, ist heute vollkommen unbekannt. Sie hinterließen keine Aufzeichnungen, nur die Sagen aus dieser Zeit und die Furcht vor allem Fremden blieben im Gedächtnis der Menschen zurück. Der Ruf „Die Hunnen kommen!" wurde für viele hundert Jahre zum Schreckensruf in Europa."

124 Seiten für 7,90 Euro

Aktuelle Informationen und Neuerscheinungen finden sie immer im Internet unter:

www.Goeritz-Netz.de